双葉文庫

はぐれ長屋の用心棒

おしかけた姫君

鳥羽亮

JN283003

目次

第一章　新妻は姫君　7
第二章　長屋の祝儀　57
第三章　手練《てだれ》　106
第四章　勾引《かどわかし》　157
第五章　奸計《わるだくみ》　210
第六章　斬奸《ざんかん》　258

この作品は双葉文庫のために書き下ろされました。

おしかけた姫君　はぐれ長屋の用心棒

第一章　新妻は姫君

一

アアアッ……。

華町源九郎《はなまちげんくろう》は、両腕を突き上げて大きく伸びをした。

五ツ（午前八時）ごろであろうか。戸口の腰高障子が朝の陽射しを受けて、白くかがやいている。長屋の朝は騒がしいのだが、いまはひっそりとしていた。亭主たちは仕事に出かけ、女房連中は朝餉《あさげ》の後片付けを終えて一休みしているころである。

……すこし、寝過ぎたようだな。

源九郎は、腹の上にかけていた掻巻《かいまき》を脇へ押しやって立ち上がった。

くしゃくしゃになった鬢《びん》や髷《まげ》を手で直し、皺《しわ》だらけになっている袴をたたいて伸ばした。

昨夜、源九郎は長屋に住む菅井紋太夫《すがいもんだゆう》と亀楽《きらく》という飲み屋で遅くまで飲んで長屋に帰り、面倒なのでそのまま寝てしまったのだ。

源九郎は還暦にちかい老齢だった。界隈《かいわい》で、はぐれ長屋と呼ばれている古い棟割り長屋で独り暮らしをしている。鬢や髷には白髪が目立ち、顔には老人特有の肝斑《しみ》も浮いていた。無精髭や月代《さかやき》が伸び、華町という名に反して、ひどくうらぶれた感じがする。

源九郎は五十石取りの御家人だったが、倅の俊之介《しゅんのすけ》が嫁をもらったのを機に家を出て、長屋で隠居暮らしを始めたのだ。

源九郎の住む伝兵衛店《でんべえだな》は、本所相生町《あいおいちょう》にあった。間口二間、六畳一間の棟割り長屋である。伝兵衛店は界隈の者たちから、はぐれ長屋と呼ばれていた。住人は食いつめ牢人、大道の物売り、その日暮らしの日傭《ひよう》取り、その道から挫折した職人などが多かったからである。

……顔でも洗ってくるか。

ともかく顔を洗って、しゃっきりしようと思った。

源九郎は手ぬぐいを肩にひっかけ、小桶を手にして家の外に出た。カッ、と早春の陽射しが、照り付けていた。いい天気である。源九郎はまだ眠気の残っている目をしょぼしょぼさせながら井戸端へむかった。

井戸端で、長屋の女房たちが洗濯をしていた。お熊《くま》、おくら、おまつの三人である。お熊たちはおしゃべりに夢中で、盥《たらい》のなかにつっ込んだ両手はとまったままだった。いつものことである。井戸端は、長屋の女房連中のおしゃべりの場なのだ。

「おや、旦那、顔を洗いに来たのかい」

お熊が顔を上げて言った。

歳は四十半ばであろうか。でっぷりと太り、盥の前にひろげた太股の間から、すこし色褪《いろあ》せた赤い二布《ふたの》が覗いている。洒落《しゃれ》っ気などまったくない。お節介で口うるさいが、心根はやさしく、独り暮らしの源九郎を気遣って、残りものの煮染や握りめしなどをとどけてくれるのだ。

お熊は助造《すけぞう》という日傭取りの女房で、源九郎の斜向《はす》いに住んでいた。

「ああ……」

源九郎は気のない返事をして、釣瓶《つるべ》を取った。

「旦那、昨夜は遅かったのかい」

お熊が訊《き》いた。

「菅井と話し込んでしまってな」

そう言って、源九郎は釣瓶を井戸に落とした。

「それじゃァ、知らないだろうね」

「何のことだ」

「島田《しまだ》さまのことだよ」

「島田に、何かあったのか」

長屋に島田藤四郎《とうしろう》という若侍が住んでいた。まだ、長屋に越してきたばかりである。歳は二十二、三。御家人の冷や飯食いだが、島田家の嫡男が嫁をもらって家に居辛くなり、はぐれ長屋で独り住まいを始めたのである。

「娘さんが、来てるんだよ」

お熊が、急に声を低くして言った。好奇心で目がひかり、盥のなかの手はとまったままである。おくらとおまつも、目をひからせて源九郎を見つめている。

「娘がな」

源九郎は物憂い声で言って、釣瓶の水を小桶に移した。

「それが、武家の娘さんで、まるで、お姫さまのようだったよ」

「お姫さまだと」

源九郎は、水の入った小桶を手にしたままお熊たちに目をむけた。お熊が口にしたお姫さまという言葉に違和感があった。

「どう見ても、お姫さまだよ」

お熊が言うと、おくらとおまつが、目を剝《む》いたままうなずいた。

「すると、駕籠《かご》に乗って、供を大勢連れて長屋にやってきたのか」

それにしては昨夜も今朝も、長屋は静かだった。

「駕籠じゃァなくて、歩きだよ。……大きな風呂敷包みを背負った年寄りをひとり連れてね」

「供は、年寄りひとりとな」

どうやら、お姫さまとはほど遠いようだ。御家人の娘が、下男でも連れてやってきたのであろう。島田の実家から来たのかもしれない。妹か姉が、島田の暮しぶりを見に来たのではあるまいか。

「それが、綺麗な振り袖姿で、髷には上物の簪《かんざし》や櫛《くし》が挿してあったし、どうみても、お大名か身分の高いお旗本のお姫さまだね」

「そんなことは、あるまい」

大名や大身の旗本の子女なら、風呂敷包みを背負った下男ひとりの供で来るはずがない。しかも、ここははぐれ者の住む貧乏長屋なのだ。

「旦那、そのお姫さまだけど、島田さまの家に昨夜泊まったらしいんだよ」

お熊の目が、さらに好奇の色を帯びた。おくらとおまつは紅潮した顔で、目をひからせている。卑猥《ひわい》な光景でも、脳裏に浮かべたのかもしれない。

「若い者には、いろいろあるだろうよ」

源九郎は、島田の許嫁《いいなずけ》かもしれないと思った。

「ねえ、旦那」

お熊があらためて声をかけた。

「なんだ？」

「覗いてみるといいよ。まだ、島田さまの家にいるはずだから」

「そうだな」

源九郎は小桶の水をすくって顔を洗った。島田の家を覗いてみる気はなかった。島田の許嫁ならなおさらである。

手ぬぐいで顔を拭き終えると、

「お熊、頼みがあるんだがな」

と、声をかけた。

「なんだい」

「まだ、朝めしを食ってないんだ。……これから炊くのは面倒でな」

源九郎は、残りのめしでもあれば馳走になりたいと思ったのだ。

「あるよ、朝めしの残りが。握りめしにしようか」

すぐに、お熊が立ち上がった。

源九郎は、おくらとおまつにも愛想笑いを浮かべて、

「いつも、すまんな」

と言い置き、その場を離れた。

二

源九郎はお熊が持ってきてくれた握りめしを食べ終え、湯飲みの水を飲み干すと、傘張りでもしようと思った。傘張りといっても、傘の古骨に美濃紙《みのがみ》を張り、防水用の荏油《えのあぶら》を塗るだけである。

源九郎の生業《なりわい》は傘張りだった。ただ、傘張りの稼ぎではとても暮らしていけな

い。わずかだが、華町家からの合力もあったのである。

源九郎が片襷《かただすき》をかけ、土間の隅に積んである傘骨を座敷に運んでいると、戸口に走り寄る足音がし、いきなり「華町の旦那！」という声がして、腰高障子があいた。

顔を出したのは、孫六《まごろく》である。

「どうした、孫六」

源九郎は傘骨を座敷に置いた。座敷が、仕事場だったのである。

「し、島田の旦那のところに、綺麗な娘が来やしたぜ」

孫六が声をつまらせて言った。

「そうらしいな」

孫六もお節介な男だ、と思ったが、源九郎は何も言わなかった。

「おみよのやつ、大名のお姫さまじゃァねえかって言ってやした」

「おみよが、そう言ってたか」

孫六は、おみよという娘夫婦といっしょに長屋で暮らしていた。還暦を過ぎた年寄りだが、長屋に越してくる前は、番場町《ばんばちょう》の親分、と呼ばれた腕利きの岡っ引きだった。十年ほど前に中風を患い、いまは娘夫婦の世話になっている。

孫六は小柄で、浅黒い肌をしていた。丸い目で、小鼻が張っている。狸のような顔である。背がすこしまがり、中風のせいで歩くとき左足をすこし引きずっていた。

「いまも、長屋の者が戸口から覗いてますぜ。あっしも、ちょいと覗いてみやしたがね。滅多にお目にかかれねえ、器量よしでさァ」

孫六が丸い目を見開いて言った。

「それで、孫六、わしに何の用だ」

源九郎が訊いた。

「用って、別にねえが、旦那なら娘さんの正体を知ってるんじゃァねえかと思って、訊きに来たんでさァ」

「知らんな」

源九郎は素っ気なく言った。

「娘さんの名は？」

「名も知らん。顔を見たこともないからな」

「島田の旦那から、何も聞いちゃァいねえんで？」

「聞いてないな」

「へえ……。華町の旦那も知らねえとなると、おしかけ女房かもしれねえなァ」

孫六が腕を組んで、首をひねった。

「おしかけ女房ということはあるまい」

「あっしが覗いたとき、島田の旦那は娘さんと膝を突き合わせて座ってやしてね。鼻の下を長くして、デレデレしてやしたぜ」

「そうか」

やはり、島田の許嫁が長屋を訪ねてきたのかもしれない、と源九郎は思った。

「旦那、覗いてみたらどうです。……あの様子じゃァ、島田の旦那は、明日、篠《しの》田屋《だや》に行けねえかもしれねえ」

孫六がもっともらしい顔をして言った。

「わしと菅井だけではまずいな」

篠田屋は、深川今川町《いまがわちょう》にある呉服屋だった。

篠田屋は三人組の徒牢人《いたずらろうにん》に些細《ささい》なことで因縁をつけられ、大金を強請《ゆす》られていた。三日前、篠田屋のあるじの繁右衛門《しげえもん》がはぐれ長屋に姿を見せ、源九郎と菅井に会い、徒牢人たちと話を付けてくれと依頼したのである。

これまで、源九郎たちは徒牢人に脅された商家の用心棒に雇われたり、勾引《かどわ》かされた御家人の娘を助け出したり、敵討ちの助太刀をしたりして礼金や始末料などをもらっていた。そうしたこともあって、界隈では、源九郎たちをはぐれ長屋の用心棒などと呼ぶ者もいたのである。

　繁右衛門は源九郎たちの噂を耳にしていて、はぐれ長屋を訪ねてきたらしい。

源九郎が繁右衛門から話を聞いてみると、些細なことだった。

　篠田屋の竹吉《たけきち》という丁稚《でっち》が店の前に水を撒《ま》いていると、水が通りかかった三人組の牢人のひとりの袴にかかった。

　竹吉は、水のかかった男に頭を下げて謝っただけで、すぐに店に入ってしまった。かかった水はわずかで、たいして濡れなかったからだ。

　これに腹を立てた三人組は、

「武士を愚弄《ぐろう》しおって、許せぬ！　丁稚の首を刎《は》ねてくれる」

　と言って、いきなり店内で刀を抜きはなった。

　これに驚いた繁右衛門は慌てて三両つつみ、牢人に手渡そうとした。ひとり、一両で引き取ってもらおうと思ったのである。

　ところが、この三両に、三人組は烈火のごとく怒った。

「ひとり一両か。あるじまで、おれたちを愚弄する気だな。こうなったら、あるじを斬り、おれもここで腹を切る」

とまで言い出した。

困惑した繁右衛門は、

「いくらお渡しすれば、許していただけますので」

と、小声で訊いた。すると、三人の頭格らしい大柄な牢人が、

「五十両で、どうだ」

と、当然のような顔をして言った。他のふたりは、ニヤニヤ笑っている。

「ご、五十両……」

法外な金だった。

このときになって、繁右衛門は、これは強請りだ、と気付いた。初めから何か因縁をつけて、金を脅し取ろうとしたのであろう。

……五十両ではすむまい。

と、繁右衛門は思った。この手の強請りは、一度うまくいくと、いい金蔓《かねづる》をつかんだと思い込み、二度、三度と金を要求してくるものだ。

繁右衛門は同じ五十両を払うなら、すっぱり縁が切れるようにしたいと思い、

「五十両の金は、手元にございません。五日、待っていただけませんか」

と丁寧に言い、三人を引き取らせたのだ。

そして、はぐれ長屋の源九郎たちの許を訪ねたのである。


その三人組が篠田屋に金を取りに来るのが、明日だった。依頼を承知した源九郎たちは、相手が徒牢人の三人組と聞いたので、剣の遣える源九郎、菅井、島田の三人で篠田屋に行くことになっていたのである。

「だから、旦那、話だけでも聞いてみたらどうです」

孫六が身を乗り出すようにして言った。

「そうだな」

源九郎は、傘張りをする気が失《う》せていた。島田に、明日どうするかだけでも訊いてみようと思った。

「あっしも、お供しやすぜ」

孫六が張り切って言った。

「勝手にしろ」

島田から話を聞きたいのは、孫六なのである。

三

島田の家の前に長屋の連中が集まっていた。女房たちや娘、それに子供の姿もあった。腰高障子の破れ目から、なかを覗いている者もいる。

「ちょいと、どいてくんな」

孫六が声をかけると、戸口の前にいた女や子供たちが慌てた様子で左右に分かれた。おとよというぼてふりの若い女房が源九郎に身を寄せ、

「華町の旦那、様子が分かったら教えておくれよ」

と、耳元でささやいた。

「うむ……」

源九郎は何も言わず、腰高障子をあけた。

土間の先の座敷に、島田と若い娘が座していた。なるほど、長屋には似合わない美しい娘である。薄茶地に花柄の振り袖と赤地に紗綾形《さやがた》の帯。髷には上物らしい簪と櫛を挿していた。色白で、ほっそりしている。細い眉に切れ長の目、人形を思わせるような形のいい唇をしていた。﨟《ろう》たけた美しさがある。大名の姫君とは思えないが、軽格の御家人や牢人の娘でないことは確かなようだ。

「華町どの」

島田が、慌てて腰を上げた。

島田も面長で端整な顔立ちをしていた。ただ、暮らしぶりはだらしなく、月代と髭が伸び、小袖はよれよれで襟元が垢《あか》で黒びかりしていた。その顔に、照れたような表情が浮いている。

「ちと、話があってな」

源九郎が、座している娘に目をやって言った。

孫六は源九郎の後ろに立ち、後ろ手に腰高障子をしめた。長屋の女たちが、首を覗かせていたからである。

島田は上がり框《がまち》ちかくで膝を折り、

「こ、こちらにいるのは、萩江《はぎえ》どのでござる」

と、声をつまらせて言った。

すると、萩江と呼ばれた娘は立ち上がり、島田の脇に来て座ると、

「萩江にございます。いたらぬ者ですが、よろしくお導きくださいまし」

と、三つ指をついて挨拶をした。

「そ、それがし、華町源九郎にござる。隠居でござって……」

源九郎が顔を赤くして言った。

すると、後ろにいた孫六が、源九郎の脇から首を突き出し、

「あっしは、孫六でさァ」

と、名乗った。

「華町どの、話というのはなんです」

島田が訊いた。

「い、いや、ここでは……」

萩江の前では、話しづらかった。

「内密の話でござるか」

島田が声を落として訊いた。

「まァ、そうだ」

「萩江どの、聞かれたか。華町どのがそれがしに内密の話があるそうだ。しばし、お待ちいただけようか」

島田が萩江に顔をむけて言った。萩江どの、と呼んだところをみると、島田の妹でも妻女でもないようだ。

「はい、ここで、お待ちしております」

また、萩江は三つ指をついて頭を下げた。

島田はそそくさと立ち上がり、流し場の方に目をやって、茂助《もすけ》、出かけてくるぞ、と言い置いて、戸口へ出た。

源九郎は萩江に目を奪われて気付かなかったが、土間の隅の流し場の前に初老の男が立っていた。

小柄で丸顔、目が細く、野辺の地蔵のような顔をしていた。下男のようだ。お熊たちが話していた萩江についてきた男であろう。

源九郎と島田が敷居をまたぐと、戸口に集まっていた女たちが、いったん離れて道をあけたが、すぐにふたりのそばに集まってきた。

「ねえ、ねえ、あの娘さん、島田の旦那のお嫁さんかい」

おとよが目をひからせて、源九郎に訊いた。

「さァ、わしには分からぬな。後で、島田に訊いてみたらどうだ」

源九郎は苦笑いを浮かべながらそう言うと、自分の家の方へ足をむけた。近くに話す場所がなかったので、島田を家へ連れていこうと思ったのである。

源九郎は家の座敷に腰を落ち着けると、

「まず、明日のことを訊きたい」

と、口を切った。萩江のことは、後にしようと思ったのだ。

孫六は殊勝な顔をして源九郎の脇に座っている。

「篠田屋ですか」

島田が訊いた。

「そうだ。明日、行けるのか」

「行くつもりです。すでに、手当てをいただいてますから」

島田が当然のことのように言った。

源九郎たちは、繁右衛門から三十両もらっていた。残りの二十両は、うまく徒牢人たちと話がついてから渡されることになっていた。

金を分けたのは、源九郎、菅井、島田、孫六、茂次《しげじ》、三太郎《さんたろう》の六人だった。茂次と三太郎もはぐれ長屋の住人で、源九郎たちの仲間である。

源九郎たちは、これまで事件にかかわって得た依頼金や礼金をいつも六人で均等に分けていたのだ。

「萩江どのにも、話してあるのか」

源九郎が訊いた。

「まだ、話してないが、今夜にも……」

島田が戸惑うような顔をして言った。言いづらいのだろう。

「ところで、萩江どのだが、おぬしの許嫁か」

源九郎が切り出した。

孫六が身を乗り出すようにして聞いている。

「いや、許嫁ではない」

「妹のようにも見えないが」

「じ、実は、萩江どのは、さる大身の旗本の娘御なのだが、ゆえあって屋敷に居られなくなり、ひとまずおれのところに身を置いた次第なのだ」

島田の物言いは歯切れが悪かった。何か隠しているようである。

「旗本の名は？」

「華町どのに隠す気はないが、いまはご容赦くだされ」

島田が困惑したような顔で言った。

「うむ……」

源九郎が、深く詮索《せんさく》するのも気が引けたので口をつぐむと、

「妙な話だ」

と、孫六が声を大きくして言った。

「あっしは、納得できませんや。……まるでお姫さまのような娘御が、長屋住まいのむさ苦しい島田の旦那のところへ押しかけてきて、しかも、昨夜一つ屋根の下にお泊まりになったんですぜ。だれがみたって、ただごとじゃァねえ」

「むさ苦しいのは余分だが……。孫六、これには事情があるようなのだ。まだ、おれにもよく飲み込めていないのでな。事情が知れたら話すから、いまはそっとしておいてくれ」

島田が訴えるように言った。

「分かった。これ以上、詮索はすまい」

源九郎が言った。

「さすが、華町どの、物分かりがいい」

「詮索はしないが、萩江どのは、しばらくおぬしの部屋で寝泊まりすることになるのか。それだけは訊いておこう」

「まァ、そういうことに……」

島田が顔を赤くして言った。

四

篠田屋は、大川端にあった。土蔵造りの二階建ての店舗だが、日本橋にある呉服屋の大店《おおだな》ほど大きな店ではなかった。店先には、篠田屋と染め抜かれた藍色《あいいろ》の大きな暖簾《のれん》が出ていた。

源九郎、菅井、島田の三人は暖簾をくぐって店に入った。土間の先がひろい売り場になっていて、何人かの手代が客を相手に反物を見せたり、丁稚が反物の入った木箱を運んだりしている。

売り場の奥が帳場になっていて、番頭らしき男が帳場机で帳簿を繰っていた。

番頭らしき男は源九郎たちを目にすると、慌てて腰を上げ、源九郎たちの前に来て膝を折った。

「華町さまでございますか」

揉《も》み手をしながら訊いた。あるじの繁右衛門から、源九郎たちが来ることを聞いていたらしい。

「華町だが、あるじはいるかな」

源九郎が名乗ると、菅井と島田も名乗った。

男は番頭の富蔵《とみぞう》と名乗った後、

「ともかく、お上がりになってくださいまし」

と言って、源九郎たちを売り場に上げると、帳場の先にあった座敷に案内した。

そこは、上客との商談の場所らしい。山水の掛け軸を下げた床の間があり、座布団や莨盆《たばこぼん》なども用意してあった。

座布団に腰を下ろしていっとき待つと、廊下を慌ただしそうに歩く足音がし、繁右衛門が顔を出した。

「お待ちしておりました」

繁右衛門は顔をこわばらせて、源九郎たちに頭を下げた。

「三人組は、姿を見せてないな」

すぐに、源九郎が訊いた。

まだ、五ツ半（午前九時）ごろだった。三人が姿を見せるのは、昼過ぎだとみていたが、源九郎たちは念のために早く来たのである。

「はい、昼すぎかと思われます」

繁右衛門は、顔をこわばらせて言った。やはり、不安なのであろう。

「おれたちが来る前に、三人組があらわれたら、何の役にも立たんからな」

源九郎が言った。

菅井と島田は、黙って繁右衛門に目をむけている。

「てまえどもとしては、後腐れのないよう、うまく話をつけていただけると有り難いのですが……」

繁右衛門が小声で言った。

「承知している」

源九郎が言うと、それまで黙っていた菅井が、

「腕の一本も、たたっ切ってくれようか」

と、ぼそりと言った。

菅井は五十過ぎ、総髪が肩まで伸びていた。浅黒い肌、肉を抉《えぐ》りとったようにこけている頬、細い目……。表情のない陰気な顔である。

菅井は生まれながらの牢人で、はぐれ長屋で独り暮らしをしていた。両国広小路で居合い抜きを観せて銭をもらう大道芸で口を糊している。ただ、居合の腕は本物だった。田宮流《たみやりゅう》居合の達人だったのである。

「後々、店が恨まれないよう、お願いしたいのですが……」

繁右衛門が心配そうに眉宇《びう》を寄せて言った。

「あるじ、心配するな。おれたちは、たまたま店に立ち寄ったことにしておこう。そうすれば、店が恨まれるようなことはあるまい」

「そうしていただければ……」

繁右衛門がほっとしたような顔をした。

そんなやり取りをしているところへ、女中が茶を持って入ってきた。源九郎たちは話を中断し、女中が茶を並べ終わるのを待った。

女中が茶を出し終えて座敷から去ると、

「ところで、繁右衛門、三人の名は分かるか」

源九郎が湯飲みを手にして訊いた。

「ふたりの名は耳にしました。仲間内で、佐山《さやま》と横瀬《よこせ》と呼んでましたので」

繁右衛門によると、頭格の大柄な男が佐山で、小太りの男が横瀬だという。もうひとり、長身の男がいたが、名は分からないそうだ。

「佐山と横瀬か」

源九郎は菅井と島田に目をやった。

ふたりは首を横に振った。ふたりとも、知らないようである。

それから、小半刻（三十分）ほどし、繁右衛門は、昼餉はこちらでご用意いたします、と言い残して座敷から出ていった。

源九郎たち三人は、帳場の奥の座敷で徒牢人たちが来るのを待った。昼餉を終え、二刻（四時間）ほどしたが、まだ姿を見せなかった。

「おい、今日は来ないのではないか。……将棋でも持ってくればよかったな」

菅井が生欠伸《なまあくび》を嚙み殺して言った。菅井は無類の将棋好きだった。ただ、腕はそれほどではなく、下手の横好きというやつである。

「菅井どの、奉公人に訊いてみますか。将棋があるかもしれませんよ」

島田が言った。島田も将棋を指す。

「一局やるか」

菅井が立ち上がったときだった。

廊下で、小走りに近付く足音がした。

「おい、来たようだぞ」

源九郎が傍らに置いてあった刀をつかんだ。

ガラリ、と障子があいた。顔を出したのは、番頭の富蔵だった。ひどく慌てている。

「き、来ました、三人組が！」

富蔵が、声を震わせて言った。

「来たか」

すぐに、源九郎が刀を手にして廊下に出た。

「将棋は後だ」

そう言って、菅井が源九郎につづき、島田も菅井の後から廊下に飛び出した。

五

店の土間に、三人の牢人が立っていた。月代と無精髭の伸びた男、総髪の男、頬に刀傷のある男。三人とも着崩れした小袖に袴姿で、大刀を一本だけ落とし差しにしていた。いずれも、一目で徒牢人と分かる風体である。

源九郎たちは売り場に出ると、真っ直ぐ牢人たちに近付いた。

繁右衛門と手代のひとりが、上がり框のそばで三人に応対していた。ふたりとも顔が、こわばっている。

「な、なんだ！　うぬらは」

大柄な男が、繁右衛門の後ろに立った源九郎たちを見て声を上げた。

「客だよ」

源九郎が言った。

「客なら、ひっ込んでいてもらおう」

「うぬらが店に因縁をつけているようなので、話をつけに来たのだ」

源九郎がそう言うと、

「なんだと！」

大柄な男が、怒声を上げた。この男が、佐山らしい。

繁右衛門と手代は慌てて腰を上げ、源九郎たちの後ろへ逃げた。

「わしは、むかしからこの店で着物を誂《あつら》えていてな。奥で、おぬしらのやり取りを聞いていたのだが、些細なことで因縁をつけて、金を脅し取ろうとする魂胆のようだ。黙って見逃すわけには、いかんな」

源九郎がもっともらしく言った。

「お、老いぼれが！　どうなっても知らんぞ」

大柄な男が、憤怒で声を震わせた。

横瀬と思われる小太りの男と長身の男も、怒りの色をあらわにしている。

「おとなしく、ここから出ていけ。そうすれば、見逃してやる」

源九郎が落ち着いた声で言った。

「なにィ！　たたっ斬ってくれるわ！」

佐山が、刀の柄に手を添えた。

他のふたりも肩を怒らせ、抜刀の構えをみせている。

……それほどの腕ではない。

と、源九郎は踏んだ。三人とも腰が据わっていないし、身辺に隙があった。それに、激昂していては、立ち合いの際に身が硬くなって反応が遅くなるのだ。

「ここは狭すぎる。表へ出ろ」

菅井が抑揚のない声で言った。表情は動かさなかったが、細い目が切っ先のようにひかっている。

「よし！　表で、たたっ斬ってくれる」

大柄な男が、きびすを返すと、他のふたりも店の外へ出た。

店の戸口近くにいた客や通りすがりの者たちが、三人組と源九郎たちを見て、「斬り合いだ！」「巻き添えを食うぞ」などと叫び声を上げ、慌てて路傍へ逃げ散った。

源九郎は佐山と対峙した。

菅井は横瀬と、島田は長身の男と相対している。十分刀がふるえるよう、源九郎たちは間合をひろく取っていた。

「老いぼれ、容赦しないぞ」

佐山がギョロリとした目で、源九郎を見すえて言った。口元に薄笑いが浮いている。

佐山は源九郎をみくびっているようだ。無理もない。源九郎は老齢で、とても刀などふるえないように見える。

だが、剣の遣い手ならば、源九郎が尋常な遣い手ではないことが分かっただろう。体は老いていたが、胸は厚く、腰はどっしりと据わっていた。しかも、敵と対峙したおりは茫洋《ぼうよう》とした顔がひきしまり、剣の遣い手らしい威風がただようのである。

源九郎は鏡新明智流《きょうしんめいちりゅう》の達人だった。

鏡新明智流の道場、士学館《しがくかん》は南八丁堀大富町《おおとみちょう》蜊河岸《あさりがし》にあり、道場主は桃井《もものい》春蔵《しゅんぞう》。江戸の四大道場の一つと謳《うた》われる名門である。源九郎は十一歳のときに士学館に入門し、稽古に出精してめきめきと頭角をあらわした。

そのころ、源九郎は剣で身を立てようと思っていたのだが、二十五歳のとき、師匠のすすめる旗本の娘との縁談を断ったことで、道場に居辛くなってやめてしまった。その後、父が病で倒れ、家督を継いだこともあって、剣を究めたい気持ちは薄れてしまったのだ。

「いくぞ！」

佐山が抜刀した。

源九郎も、ゆっくりとした動作で刀を抜いた。

佐山は八相に構えた。威嚇《いかく》するように、刀身を垂直に立てて高く構えている。

源九郎は青眼に構え、切っ先を佐山の目線につけた。肩の力を抜いたゆったりとした構えである。

ふたりの間合は、およそ三間半。まだ、一足一刀の間境からは遠かった。

源九郎が摺《す》り足で、間合をつめ始めた。

すると、佐山の顔に驚愕《きょうがく》の表情が浮いた。源九郎の切っ先に、そのまま目を突いてくるような威圧があったからであろう。

源九郎の顔が豹変していた。顔がひきしまり、双眸《そうぼう》が鋭いひかりを帯びている。剣の遣い手らしい凄《すご》みがある。

イヤアッ！

突如、佐山が獣の咆哮《ほうこう》のような気合を発した。気合で威嚇し、源九郎の寄り身をとめようとしたのだ。

だが、源九郎は表情も動かさなかった。スルスル、と斬撃《ざんげき》の間合に迫っていく。

一足一刀の間境に踏み込むや否や、源九郎が仕掛けた。

タアッ！

鋭い気合とともに体が躍った。

青眼から真っ向へ。

咄嗟《とっさ》に、佐山は両手を突き上げるようにして刀身で源九郎の斬撃を受けた。

甲高い金属音がひびき、佐山の体勢がくずれてよろめいた。源九郎の強い斬撃に押されたのである。

次の瞬間、源九郎の刀身がひるがえり、切っ先が佐山の手元に伸びた。一瞬の太刀捌《たちさば》きである。

ザクリ、と佐山の右手の甲が裂け、血が噴いた。

源九郎の動きは、それでとまらなかった。後じさる佐山を追って踏み込み、切っ先を喉元に突き付けた。

「動くな！」

源九郎が鋭い声で言った。

「……！」

佐山は、恐怖に顔をゆがめて突っ立った。右手の甲から、血が赤い筋を引いて流れ落ちている。

「喉を突き刺されたいか」

「よ、よせ……」

佐山が首を伸ばして言った。

「命だけは助けてやるが、二度と篠田屋の敷居はまたがぬことだな。おれたちは、いつでも篠田屋に来る。次に篠田屋で顔を合わせるようなことになれば、おぬしらの首を落とすぞ」

源九郎が佐山を睨《にら》むように見すえた。

「わ、分かった。篠田屋には、二度と手を出さぬ」

佐山が声を震わせて言った。

そのとき、菅井は横瀬と対峙していた。左手で刀の鯉口を切り、右手を柄に添えている。居合腰に沈め、抜刀体勢をとったまま足裏を摺るようにして間合をせばめていく。

「居合か……」

横瀬が後じさりながら言った。顔がこわばっている。横瀬にも、菅井が尋常な遣い手ではないと分かったようだ。

横瀬は青眼に構えていたが、切っ先がかすかに震えていた。恐怖と気の昂《たかぶ》りで、体が震えているのだ。

菅井はさらに寄り足を速めた。一気に、横瀬との間合がつまっていく。

タアリャッ！

ふいに、横瀬が甲走った気合を発して斬り込んできた。まだ、斬撃の間境の外だった。横瀬は菅井が抜刀する前に、一太刀浴びせようとしたのだ。

踏み込みざま青眼から真っ向へ。

だが、遠間《とおま》のため、横瀬の切っ先は空を切って流れた。

次の瞬間、菅井の体が躍動した。刀身の鞘走る音とともに、腰元から稲妻のような閃光《せんこう》がはしった。

迅《はや》い！

菅井の抜きつけの一刀である。

バサッ、と横瀬の着物が二の腕から胸にかけて大きく裂けた。あらわになった胸板に血の線がはしり、血がふつふつと噴き出し、いくつもの筋を引いて流れた。赤い簾《すだれ》のようである。

菅井の動きは、それでとまらなかった。スッ、と横瀬に身を寄せ、切っ先を横瀬の首筋に当てたのである。

ヒイッ、と喉を裂くような悲鳴を上げ、横瀬はその場に凍りついたように突っ立った。

「さて、次は首を落とすか」

菅井が横瀬を睨んで言った。

気の昂りで細い目が炯々《けいけい》とひかり、いつもは生気のない唇が血を含んだような赤みを帯びていた。夜叉のような悽愴《せいそう》な面貌《おもて》である。

「よ、止《よ》せ！」

横瀬が恐怖に顔をひき攣《つ》らせて言った。

「どうだ、懲《こ》りたか」

菅井が訊いた。

「こ、懲りた」

「よし、今度だけは見逃してやろう」

「……！」

「おれは、篠田屋とは縁があってな。おぬしが次に篠田屋に顔を出したら、おれが首をたたっ斬る」

菅井が恫喝《どうかつ》するように言った。

「二度と篠田屋の敷居はまたがぬ」

「よし、行け」

菅井が刀身を引いた。

横瀬は後じさり、菅井との間があくと反転して脱兎《だっと》のごとく駆けだした。

島田と長身の男との勝負は決していた。長身の男が、右腕をだらりと垂らしたまま逃げていく。島田の斬撃が、男の右腕を深く斬ったらしい。島田は源九郎や菅井ほどではなかったが、神道無念流《しんとうむねんりゅう》の遣い手だったのである。

「これで、きゃつらも懲りただろう」

源九郎が島田に歩を寄せて言った。

源九郎たちは篠田屋にもどり、帳場の奥の座敷に膝を折ると、あるじの繁右衛門にことの次第を話した。

「ありがとうございます」

繁右衛門は安堵《あんど》したように顔をやわらげ、源九郎たちに何度も低頭した。

その後、源九郎たちは、残りの二十両を受けとり、

「繁右衛門、また何かあれば相談に乗るぞ」

そう言い置いて、篠田屋を後にした。

六

軒下から落ちる雨垂れの音が聞こえていた。はぐれ長屋を、物悲しい雨音がつつんでいる。ふだんは賑やかな長屋も雨天のせいか、ひっそりとしていた。ときおり、母親の子供を叱る声や赤子の泣き声などが聞こえてくるだけである。

源九郎の部屋で、パチリ、パチリと将棋を指す音が聞こえた。今日は朝から雨だったので、将棋好きの菅井が、将棋盤をかかえて源九郎の部屋にやってきたのだ。源九郎と菅井で二局指したとき、島田が顔を出し、源九郎と替わった。島田も菅井ほどではなかったが、将棋が好きだったのである。

源九郎は自分で淹《い》れた茶を飲みながら将棋盤を覗いていたが、菅井が王の前に金を進めたのを見て、

「おい、その金な、ただでくれてやるようなものだぞ」

と、言った。敵の角がきいていて、相手に銀で金を取られても、王は下がるしかないのである。

「何を言う。おれの手は深いのだ。華町、五手先を読んで言ってくれよ」

菅井がもっともらしい顔をして言った。

「五手先な」

五手先も何も、菅井は二手先も読んでないのではないかと思ったが、それ以上は言わなかった。

「菅井どの、金をいただきますよ」

島田が、涼しい顔をして銀で金をとった。子供でも分かる単純な手である。

「うむ……。そう来たか」

菅井は腕を組んで長考に入った。

考えることはなかった。王を逃がすより他に手はないのである。

……見ているのも退屈だ。

源九郎が傘張りでもしようかと思い、腰を上げたときだった。

雨音のなかに下駄の音が聞こえた。聞き慣れない足音だった。源九郎の家に近付いてくる。足音は腰高障子の向こうでとまり、

「島田さま、おられやすか」

と、男のしゃがれ声が聞こえた。

「入れ。島田どのは、なかにいるぞ」

源九郎が言った。長屋の者ではないらしい。まったく、聞き覚えのない声だった。

腰高障子があいて顔を出したのは、茂助だった。萩江に従って長屋にきた下男である。茂助は萩江に仕えているらしく、夕暮れ時になると長屋から姿を消し、また朝になると長屋にやってくるのだ。

「茂助か、何の用だ」

島田が戸口に顔をむけて訊いた。

「昼餉の支度ができやしたんで、部屋へもどってくだせえ」

茂助が照れたような顔をして言った。

「もうそんな刻限か」

「へえ、萩江さまが、島田さまのお帰りをお待ちしてやして……」

「そうか。萩江どのを待たせるわけにはいかんな」

島田がすぐに立ち上がった。

「お、おい、将棋はどうするんだ。まだ、勝負はついておらんぞ」

菅井が慌てて言った。

「華町どの、後を頼みます。……昼餉ですから」

島田はそそくさと土間へ下りた。

そして、下駄をつっかけると、茂助につづいて戸口から外へ出た。

「な、なんだ、勝負を投げ出して。将棋より、女が大事か。まったく、武士の風上にもおけんやつだ」

菅井が憤慨して言った。

源九郎が菅井を無視して、土間の隅に置いてある傘の古骨を運ぼうとしていると、

「おい、華町、まさか傘張りなどするつもりではあるまいな」

菅井が、渋い顔をして言った。

「将棋も飽きたので、傘張りでもしようと思ったのだが、駄目か」

「駄目だ、駄目だ。雨の日は将棋と決まっているだろうが」

「決まっているわけではないが……」

まァ、いいか、ここで、菅井を追い返すのもかわいそうだ、と思い、源九郎は手にした古骨を土間に置いた。

「ただし、島田のつづきは御免だ。勝負は始めからだぞ」

「望むところだ」

菅井が声を上げた。

ふたりが対座し、将棋の駒を並べ始めたとき、また下駄の音がした。

腰高障子があいて、顔を出したのは茂次だった。

「やってやすね」

茂次はニヤニヤしながら上がってきて、将棋盤の脇に座り込んだ。

茂次は研師だった。刀槍の研師を目指し、名のある研屋に弟子入りしたのだが、師匠と喧嘩して飛び出し、いまは路地裏や長屋などをまわり、包丁、鋏《はさみ》、剃刀《かみそり》などを研いだり、鋸《のこぎり》の目立てなどをして暮らしていた。茂次もはぐれ者のひとりである。

茂次も雨が降ると仕事に出られず、源九郎の部屋へ暇潰しにくることが多いのだ。

「おまえも、暇だな」

源九郎が将棋盤を見つめながら言った。

「旦那方といっしょで」

茂次は口元に薄笑いを浮かべて勝負の行方を見つめている。

いっときしたとき、茂次が、

「旦那方、話を聞いてやすか」

と、声をあらためて言った。

「何の話だ」

「ちかごろ、うろんなやつが長屋のことを探っているらしいんでさァ」

「どういうことだ？」

源九郎が茂次に顔をむけて訊いた。

「へい、忠助《ちゆうすけ》と助造から聞いたんですがね。長屋の路地木戸の前で、牢人に長屋のことをいろいろ訊かれたそうですぜ」

忠助と助造は、はぐれ長屋の住人である。忠助は大工の手間賃稼ぎをして暮らしていた。助造はお熊の亭主で、日傭取りである。

「どんなことを、訊かれたのだ」

源九郎は、牢人というのが気になった。長屋の者と縁のありそうな男ではないような気がしたのだ。

「それが、島田の旦那のところにいるお姫さま、いえ、萩江さまのことらしいんで……」

茂次が声をひそめて言った。

「萩江どののことだと」

「へい、萩江さまの名は口にしなかったが、身分のある娘が長屋に身を隠していないか、訊いたそうでさァ」

「萩江どののことだな」

源九郎は茂次に顔をむけたまま言った。

菅井も将棋盤から目を離して、茂次の話を聞いている。源九郎と茂次のやり取りが気になったようだ。

「それで、忠助と助造だが、萩江どのが長屋にいることを話したのか」

「ふたりとも、知らねえと答えたようでさァ」

忠助と助造は話さない方がいい、と思ったという。

「うむ……」

事情は分からないが、このことは島田に話しておいた方がいいと思った。

「菅井、将棋は後だな」

源九郎が言った。

「いま聞いたことを、島田に話すのか」

「そうだ」

「島田は、昼めしを食ってるぞ」

「おれたちも、めしを食おう。それから、島田を呼んでくるんだ」

源九郎は腹もへっていた。

「あっしが、握りめしでも持ってきやしょう。……お梅《うめ》のやつ、気をきかせて、旦那方の分も炊いたようなんでさァ」

茂次が鼻の下を伸ばして言った。お梅は、茂次の女房である。ふたりの間に子がないせいもあって、いつまでも新婚気分が抜けないようだ。

七

「牢人者が、萩江どののことを探っていただと」

島田が驚いたような顔をして聞き返した。

「まちげえねえ。長屋の者がふたりも訊かれやしたからね」

茂次が言った。

源九郎の部屋に、源九郎、菅井、島田、茂次の四人が集まっていた。昼めしを食い終えた後、茂次が島田を迎えにいって連れてきたのだ。

「島田、その牢人だが、何者なのだ」

源九郎が訊いた。

「おれにも、分からない」

島田は困惑したような顔をした。虚言ではないらしい。島田も、牢人が何者なのか分からないようだ。

「いずれ、その牢人は、萩江どのが長屋にいることをつきとめるだろうが、放っておいてよいのか」

「それはまずい」

すぐに、島田が言った。

「島田、そろそろ話してもいいだろう。……萩江どのは、何者なのだ」

源九郎が訊くと、菅井と茂次も島田に視線をむけた。

「本郷に屋敷のある旗本、秋月房之助《あきづきふさのすけ》さまのご息女だ」

島田が小声で言った。

「御小納戸衆《おこなんど》をされていたお方か」

源九郎は秋月房之助を知っていた。もっとも、名と役柄だけである。たしか、本郷に屋敷があり、四年ほど前に病のために役職から身を引いたはずである。

「そうだ」

「秋月さまのご息女が、なぜ、長屋に来ているのだ」

源九郎は不可解だった。菅井と茂次も首をひねっている。

「実は、萩江どのは屋敷にいられなくなり、身を隠すために長屋へ来たのだ」

島田が言った。

「どういうことだ？」

「おれも、くわしいことは分からないのだが、秋月家は家督相続で揉めているらしい」

島田によると、二年ほど前、秋月家の嫡男が流行病《はやり》で急逝し、跡を継ぐ者がいなくなってしまった。ところが、当主の秋月は老齢の上に持病の腰痛もあって、一日も早く家を継がせたいと思っているらしい。

源九郎が秋月家の家禄を訊くと、千石とのことだった。

「秋月家には、誠之助《せいのすけ》という次男がいるのだが、妾の子ということもあって家を継ぐことに反対する者がいるそうだ。そこで、長女の萩江どのに婿をとり、秋月家を継がせようということになったらしいのだが、萩江どのはどうしても婿を迎える気になれず、屋敷を逃げ出したようなのだ」

島田が声をひそめて言った。

「親の意に逆らって、家を飛び出したのか」

源九郎は、にわかに信じられなかった。婿を迎えて大身の旗本の家を継ぐとなれば、萩江にとっても悪い話ではないはずだ。

「その婿というのが従兄弟《いとこ》で、まだ十一歳で元服を終えたばかりの子供だそうだ」

秋月房之助の弟、寺島昌次郎《てらしままさじろう》の子で、松太郎《まつたろう》という長男だという。昌次郎は寺島家に婿に入ったため、姓が変わったそうだ。なお、寺島家は二百五十石の旗本だという。

「婿といっても、名ばかりか」

源九郎は、萩江にすれば辛い婚礼かもしれない、と思った。

「それに、萩江どのは次男の誠之助どのに秋月家を継いで欲しいそうだ。……萩江どのに婿を迎えて家を継げば、ますます誠之助どのの立場がなくなってしまうからな」

「誠之助という男は、いくつになる」

源九郎が訊いた。

「二十歳で、萩江どのより三つ歳上らしい」

ただ、誠之助は町人の娘の子で、武士として育てられはしたが、秋月家の屋敷ではなく市井の妾宅で成育したという。

「そうしたこともあって、誠之助が秋月家へ入るのを反対している者がいるようだ」

「それにしても、萩江どのは大胆だな。家を飛び出して、このような長屋に飛び込んでくるとは……」

まだ、源九郎は腑に落ちなかった。萩江には、他にも家を出ねばならない理由がありそうである。

「それで、萩江さまと島田の旦那のかかわりは、どうなってるんです。……どんな事情があろうと、よほどの相手じゃァねえと、若い娘が家を捨てて長屋の男の家に飛び込んで来たりはしねえはずだ」

茂次が島田を見つめて訊いた。茂次も、源九郎と同じ思いを抱いたようだ。

「そ、それは……。萩江どののとおれは、幼馴染みなのだ。それで、おれを頼って……」

島田が、声をつまらせて言った。顔が赤くなっている。

「幼馴染みですかい」

「そうだ。屋敷が近くでな。子供のころから知り合いなのだ」

島田が慌てて話したことによると、島田家の屋敷も本郷で、秋月家の斜向いにあるそうだ。

「それだけじゃァねえでしょう。萩江さまは、家を捨てて貧乏長屋に飛び込んで来たんですぜ。幼馴染みだけじゃァねえはずだ」

茂次が執拗《しつよう》に訊いた。

菅井まで、心底を覗くような目をして島田の顔を見つめている。

「実は、萩江どのを助けたことがあるのだ。それで、ときおり、話すようになって……」

島田が声をつまらせ、さらに顔を赤らめた。

「萩江さまを、お助けしたんですかい？」

「萩江どのが、犬に襲われたときにな」

「犬ですかい」

「そうだ。屋敷の前で、萩江どのが野犬に吠えられているとき、ちょうど、通りかかってな。おれは剣術の稽古帰りだったので、竹刀を持っていた。それで、犬を追い払って助けてやったのだ」

「それから、萩江さまと話すようになったわけで？」

「まァ、そうだ」

「剣術の稽古帰りに、どこかで待ち合わせて逢引するようになったわけか」

茂次が、島田の顔を覗き込むように見て言った。

「あ、逢引などと……。偶然顔を合わせたとき、挨拶するだけだ」

島田が口ごもった。

「おふたりは、そういう仲なのか。……これで分かった。萩江さまは餓鬼の婿さまといっしょにさせられる前《めえ》に、愛《いと》しい島田の旦那の胸に、死んだ気になって飛び込んで来たわけだ」

茂次が大きくうなずいた。

「泣ける話ではないか」

菅井も納得したように二度、三度とうなずいた。

「そ、そんなことはない……」

島田は言葉につまり、膝先に視線を落とした。どうやら、茂次が口にしたとおりのようだ。

……だが、妙だ。

源九郎は、萩江のことを探っていた牢人が気になった。秋月家や寺島家の者が萩江の行方を探るなら、用人や若党を使うだろう。牢人を使うはずはない。他にも、萩江にかかわる揉め事がありそうだ。

「島田、萩江どのを探っていたという牢人に、心当たりはないのか」

源九郎が、声をあらためて訊いた。

「心当たりはないが」

島田が首をひねった。島田の顔にも、腑に落ちないような表情があった。

「いずれにしろ、用心した方がいいな」

源九郎は、まだ何か起こりそうな気がした。

第二章　長屋の祝儀

一

「だ、旦那、大変《てえへん》だ！」

茂次が、腰高障子から顔をのぞかせて声を上げた。

源九郎は傘張り用の刷毛《はけ》を手にしたまま思わず腰を上げ、

「茂次、どうした」

と、訊《き》いた。

源九郎は、部屋のなかで傘の古骨に美濃紙を張っていたのである。

「殺しだ！」

「おれは、町方ではないぞ。だれが、殺されていようとおれの知ったことではない」

源九郎は白けた顔をして腰を下ろした。

「それが、茂助のようですぜ」

「茂助というと、島田のところに来ている男か」

「そうでさァ」

「場所は？」

茂助となれば、放ってはおけない。

「一ッ目橋の近くでさァ」

茂次が口早に、通りでぼてふりから話を聞き、行って見てきたことを言いそえた。

「行ってみよう」

源九郎は刷毛を置いて、腰を上げた。一ッ目橋は、竪川《たてかわ》にかかる橋ではぐれ長屋からも近かった。

「茂次、島田にも話したのか」

「いえ、まだで」

「島田にも伝えてくれ。おれは、ひとりで行く」

一ッ目橋の近くなら、茂次の案内はいらなかった。

「合点で」

すぐに、茂次は戸口から飛び出していった。

源九郎は念のために大小を帯びて戸口から出た。

五ッ（午前八時）を過ぎているだろうか。朝日が長屋をつつんでいた。春らしい穏やかな晴天である。

めずらしく、井戸端に女房連中はいなかった。長屋のあちこちから、赤子の泣き声や女房の笑い声、腰高障子をあけしめする音、水を使う音などが聞こえてきた。長屋は、いつもと変わりなく騒がしかった。

竪川沿いの通りへ出ると、前方に一ッ目橋が見えてきた。橋のたもとの川岸近くの土手に人だかりができている。近所の住人や通りすがりの野次馬である。茂助が殺されているのはそこらしい。

近付いて見ると、人垣のなかにお熊やおまつなど長屋の女房連中の顔があった。どうやら、話を耳にして駆け付けたらしい。長屋の井戸端にだれもいなかったのは、ここに来たからである。

「華町の旦那、ここ、ここ」

お熊が大きな尻で隣にいた職人ふうの男を押しやって、場所をあけてくれた。強引である。

「すまんな」

源九郎は苦笑いを浮かべながら、お熊の脇を通って人垣の前へ出た。

土手の斜面の叢《くさむら》のなかに、岡っ引きらしい男が三人立っていた。その三人の足元に、死体は横たわっていた。まだ、町方同心の姿はなかった。

死体は仰向けに倒れていた。肩口がどす黒い血に染まっている。はっきりしないが、刃物で斬られたようだ。

源九郎は死体に近付いた。丈の高い雑草の陰になって顔が見えず、茂助かどうかも分からなかったのだ。

岡っ引きたちは、近付いてきた源九郎を見て顔をしかめたが、何も言わなかった。年寄りだが、二刀を帯びた武士だったので遠慮したのだろう。

三間ほどに近付くと、死体の顔が見えた。丸顔で目の細い男の顔に見覚えがあった。茂助である。茂助は目をひらき、口をあんぐりあけたまま死んでいた。黄ばんだ歯が剝《む》き出しになり、春の陽射しを浴びている。

……下手人は武士だ！

源九郎は茂助の肩口の傷を見て察知した。

刀傷だった。しかも、遣い手に斬られたとみていい。ひらいた傷から截断《せつだん》された鎖骨が覗いていた。下手人は、肩口から胸部まで斬り下げていた。正面から一太刀で、茂助を仕留めたのであろう。

源九郎が茂助の傷口に目をやっていると、背後の人垣がざわついた。振り返ると、茂次と島田、それに孫六の顔があった。孫六も話を聞いて、茂次たちといっしょに駆け付けたようだ。

「殺されたのは、茂助だそうだが」

島田が源九郎に身を寄せて訊いた。顔がこわばっている。

「あれだ」

源九郎は叢に横たわっている死体を指差した。

「も、茂助だ……」

島田が息を呑んだ。すぐに、次の言葉が出なかった。

「殺《や》られたのは、昨夜だな」

孫六が目をひからせて言った。いつもの頼りなげな老爺《ろうや》の顔ではない。やり手の岡っ引きらしいひき締まった顔をしている。

「どうして分かる」

源九郎が訊いた。

「血でさァ。叢に散った血が黒く固まっていやすからね。……今朝方じゃァねえことはたしかだ」

「昨夜、長屋からの帰りに殺られたか」

昨日、茂助は暗くなってから、はぐれ長屋を出たはずだ。茂助の住む長屋は外神田の佐久間町《さくまちょう》にあると聞いていた。竪川沿いの通りは、長屋から佐久間町に帰る道筋である。

「ちょいと、死骸《ほとけ》を拝んできやすぜ」

そう言い残し、孫六は首をすくめて岡っ引きたちに近付いた。

「横山町《よこやまちょう》の島造《しまぞう》じゃァねえか。……下手人の目星はついたのかい」

孫六が、死体のそばに立っている赤ら顔の岡っ引きに声をかけた。どうやら、知り合いらしい。

横山町は日本橋にあり、両国橋を渡ってすぐである。

「番場町のとっつァんかい。ずいぶん前に、足を洗ったと聞いてるぜ」

島造が低い声で言った。

「おれは、この近くに住んでるのよ。……刀傷だな。殺ったのは侍か」

孫六は茂助の顔を覗き込んで言った。

……顔にも傷があるぜ。

孫六は、茂助の耳の下から頬にかけて、切り裂いたような傷があるのを目にした。源九郎たちといっしょにいたときは、仰向けになった顔の向こう側になっていたので、見えなかったのだ。

……頬の傷も刀だな。

下手人は頬に斬りつけた後、肩口に斬り込んで茂助を仕留めたのだろう、と孫六は思った。

「下手人が侍となると、辻斬りかもしれねえなァ」

島造がつぶやくような声で言ったとき、集まっている野次馬たちのなかから、八丁堀の旦那だ、村上《むらかみ》さまだ、という声が聞こえて人垣が割れた。

臨場したのは、南町奉行所定廻り同心、村上彦四郎《ひこしろう》である。村上は数人の手先を連れて、死体に近付いてきた。いつものように、仏頂面をしている。

「おっと、村上の旦那の邪魔をしちゃァいけねえ」

孫六は慌てて、人垣のなかに紛れ込んだ。

二

源九郎たちは人垣の後ろから、村上が死体のそばに屈んで検屍をするのを見ていた。源九郎は村上を知っていた。これまで、源九郎たちがかかわった事件で、村上とも何度か顔を合わせていたのである。

「華町の旦那、村上の旦那に様子を訊いてみたらどうです」

孫六が言った。

「よそう。探索はこれからだ」

源九郎は、村上も何もつかんではいないだろうと思った。

「島田、どうする？　死骸を引き取るか」

源九郎が脇にいる島田に小声で訊いた。

「いや、おれが口出しするのは、おかしい。それとなく、秋月家の者に知らせてやるしかないな」

島田によると、茂助は秋月家に仕えていた下男で、萩江の世話をするためについてきたのだという。ただ、茂助が萩江といっしょに屋敷を出たことは、秋月家の者もあまり知らないはずだという。

「長屋にもどるか」

源九郎は、これ以上この場に立って見ていても仕方がないと思った。

人垣から離れ、はぐれ長屋に向かう道筋で、

「華町の旦那、茂助の頬にも傷がありやしたぜ」

孫六が言った。

「頬にもか」

「へい、横に裂いたような傷でさァ」

歩きながら、孫六は向こう側の頬で源九郎たちからは見えなかったことと、刀傷らしいことを話した。

「下手人が、斬り損じたとは思えんな」

源九郎は何か目的があって、下手人は茂助の頬を斬ったのではないかと思った。

そのとき、源九郎の脳裏に長屋のことを探っていた牢人のことがよぎった。

「下手人は、茂助から萩江どのの居場所を訊き出そうとしたのではないかな」

茂助の口を割らせるために、頬を斬ったのである。

「そうかもしれない」

島田がつぶやくような声で言った。

「茂助は、萩江どのが長屋にいることをしゃべったとみた方がいいな」

牢人が何者で、何のために萩江の居所を探っていたか分からないが、萩江に何か仕掛けてくることはまちがいないだろう。

「萩江どのの命を狙っているのではあるまいか」

島田がけわしい顔をして言った。

「分からんが、何か手を打たねばな。こうなったら、萩江どのに、牢人に心当たりはないか訊いてみてもいいのではないか」

源九郎は、直接萩江に話を訊いてみようと思った。

萩江は、茂助が何者かに殺されたことを聞くと、顔が紙のように蒼ざめ、体が小刻みに顫《ふる》えだした。

そして、萩江は視線を膝先に落とし、

「茂助が、かわいそう……」

と、胸に衝《つ》き上げてきた嗚咽《おえつ》に耐えながら言った。

いっとき、源九郎たちは萩江の気持ちが収まるのを待ってから、

「茂助を手にかけた者に、心当たりは？」

源九郎が訊いた。

「あ、ありません」

萩江が声をつまらせて言った。

「萩江どのは、これまで命を狙われたようなことがあるかな」

「命を狙われたことはありませんが、勾引《かどわ》かされそうになったことがあります」

「勾引かされそうになったことがあるのですか」

島田が驚いたような顔をして訊いた。

「はい……」

萩江は島田に顔をむけて小声で話した。

一月ほど前、萩江は女中と若党ふたりを供に連れて呉服屋に行った帰りに、屋敷近くで三人組の男に襲われ、用意した駕籠《かご》に無理やり乗せられそうになったそうである。ちょうど、近くを供連れの旗本が通りかかり、助けてくれたのでことなきを得たという。

「その三人は、武士でしたか」

島田が訊いた。

「黒布の頭巾をかぶっていたので、顔は見えなかったのですが、袴姿で刀を差しておりました」

「武士だな。……それで、駕籠かきもいましたか」

「はい、ふたりいました」

「初めから、萩江どのを勾引かすために襲ったのだな」

島田がけわしい顔をした。

島田と萩江のやり取りが途絶えたとき、

「その者たちが、萩江どのを連れ去ろうとして、茂助に萩江どのの居所を訊いたのかもしれん」

源九郎が言うと、萩江は蒼ざめた顔で、

「わ、わたしのために、茂助は殺されたのですか」

と、声を震わせて訊いた。

「いや、萩江どののせいではない。たまたま、茂助が下手人と出会ったからです」

島田が慰めるように言った。

「いずれにしろ、萩江どのは、このままここにいるわけにはいかないな」

源九郎が言うと、

「長屋に押し入り、萩江さまを勾引かすかもしれませんぜ」

孫六が言い添えた。

「家には帰りません。わたし、死んだ気で家を出てきたんです」

萩江が声を強くして言った。涙ぐんだ目で、源九郎を睨《にら》むように見すえている。

「うむ……」

源九郎は、萩江の必死な面持ちを目にすると、長屋を出てくれとは言えなかった。かといって、萩江をこのまま島田の許へおいておくこともできない。

「旦那、どうです。萩江さまに長屋の娘に化けてもらったら」

孫六が声を大きくして言った。

「長屋の娘に化けるのか」

いいかもしれない、と源九郎は思った。萩江のように﨟《ろう》たけた娘ならかえって、長屋の娘に身を変えれば、気付かれないかもしれない。ただ、萩江が長屋の娘らしくなるには、粗末な着物に着替え、顔に竈《へっつい》の煤《すす》でも塗って浅黒くしてもらわなければならないだろう。

「萩江どのは、これからも島田とこの長屋で暮らしたいのかな」

源九郎が、おだやかな物言いで訊いた。

「はい」

すぐに、萩江が答えた。

「ならば、長屋の女房らしくなっていただきたいのだがな。……島田の女房らしくなってもらえば、だれが来ても不審をいだかれないだろう」

「女房ですか……」

萩江の白蠟《はくろう》のような頰に、ポッと朱が差した。女房という言葉が、萩江の胸にひびいたらしい。

「なってもらえるかな。島田のためでもある」

源九郎が言うと、

「はい、島田さまの女房になります」

萩江が、きっぱりと言った。涙ぐんだ目が、嬉しそうにかがやいている。

「こ、困る。長屋の女房などと……。萩江どのは旗本の息女だし、親の許しも得ていないし……」

島田が、しどろもどろになって言った。

「島田、嫌なのか」

源九郎が声を強くして言った。

「嫌ではないが……」

「ならば、萩江どのを女房に迎えろ。……これは、萩江どのの身を守るためだぞ」

「わ、分かった」

島田が照れたような顔で承知した。

「よし、さっそく。嫁入りの衣装替えだ。孫六、すぐにお熊を呼んできてくれ」

「ヘッヘヘ……。似合いの夫婦だ」

孫六がニヤニヤしながら戸口から出ていった。

三

「さァ、旦那たちは、外へ出て」

お熊が張り切って声を上げた。

島田の部屋である。お熊、おまつ、おとよ、それに島田の部屋の隣に住むお富《とみ》の四人が、古い着物や帯などを持って集まっていた。

孫六がお熊を呼んできて、源九郎が事情を話すと、

「あたしに、まかせておくれ」

お熊はそう言い残し、すぐに長屋をまわって手の空いていた女房連中に手伝わせて、萩江の着替えの衣装を集めてきたのだ。

「お熊たちにまかせよう」

源九郎たちは、腰高障子をあけて外に出た。

戸口の前で、源九郎、島田、孫六、茂次の四人は、萩江の着替えが終わるのを待っていた。

半刻（一時間）も経ったろうか。源九郎たちが痺《しび》れを切らし始めたとき、ガラリと障子があいて、お熊が顔を出した。

「できたよ。入っておくれ」

お熊が声を上げた。

「やっと、終わったか」

源九郎たちは、すぐに戸口から入った。

萩江は座敷のなかほどに、つつましく座っていた。おまつやおとよたちが、ま

わりを取りかこんでいる。

「は、萩江どの……」

島田が息を呑んだ。目を剝いて、萩江を見つめている。

萩江は豹変していた。顔が浅黒くなり、口の紅も落としていた。肩口に継ぎ当てのある粗末な小袖に色褪《いろあ》せた茶の帯。頭を飾っていた簪《かんざし》はなく、古い柘植《つげ》の櫛が挿してあるだけである。

萩江は長屋の娘のようだが、よく見ると、華やかさはないが清楚な美しさがあった。端整な面立ち、澄んだ眸《め》、形のいい唇などは萩江のままなのである。

「さァ、島田の旦那、萩江さまの脇に座って」

お熊が言うと、まわりに座っていたおまつたちが、すぐに腰を上げ、土間の方へ出てきた。

「いや、座らなくともいい」

島田が、照れたような顔をして言った。

「だめ、だめ、おふたりは、今日から夫婦《めおと》になるんだから」

お熊が、声を大きくした。妙に張り切っている。

おまつやおとよたちが、土間につっ立っている島田の手を取って座敷に上げると、嫌がる島田を萩江の脇に座らせた。萩江は頬を赤らめ、恥ずかしそうにうつむいている。

「め、夫婦などと……。まだ、秋月家の許しも得ていないのだ」

島田が困惑したように顔をしかめたが、目は嬉しそうにかがやいている。

「似合いの夫婦ではないか」

源九郎が言った。

島田は月代《さかやき》や髭が伸び、着古した小袖の襟元は垢《あか》で黒光りしていた。ふたりの衣装や顔付きは、貧乏長屋の若夫婦といった感じである。

「酒だよ、酒。三三九度を、やらなけりゃァ」

孫六が急に声を上げた。孫六まで張り切っている。もっとも、酒に目のない孫六はお相伴にあずかれると思ったのかもしれない。

「酒と杯だよ」

お熊が言い、おまつやおとよたちといっしょに戸口から出ていった。長屋をまわって、酒と杯を集めてくるらしい。

いっときすると、女房たちが貧乏徳利を提げ、杯を手にして集まってきた。どういうわけか、女房たちが五人も増えている。お熊たちから話を聞いて、自分たちも祝儀の場にくわわるつもりになったようだ。

「困る、困る……」

島田は何度も口にしたが、孫六や女房連中の言うがままになっていた。

萩江も恥ずかしそうにうつむいていたが、嬉しそうだった。

ささやかな宴席になった。もっとも、おしゃべりをしながら貧乏徳利の酒をみんなで飲んだだけである。

長屋の連中は、集まって騒ぐのが好きだった。こうしたことを通して、長屋の住人の間にひとつの家族のような絆《きずな》が生まれるのである。

翌日、長屋の井戸端で、お熊、おまつ、お富の三人が洗濯をしていた。五ッ半（午前九時）ごろであろうか。陽は家並の上にあり、井戸端には春の陽射しが満ちていた。お熊たちが井戸端で洗濯をするのが遅くなったのは、昨日、島田の部屋で酒を飲んだせいかもしれない。

「島田さまたちは、いい夫婦になるね」

おまつが言った。

「ふたりは、雛《ひな》段の人形のようだったよ」

と、お富。

「すこし、着物が粗末だったけどね」

お熊が目を細めて言った。太い腕が、盥《たらい》に伸びたままとまっている。いつもそうだが、女房たちが顔をそろえると、洗濯はなかなか進まないのだ。

そのとき、お熊たちの背後で、下駄の音がした。

「き、来たよ！　萩江さま」

お富が、振り返って声を上げた。

見ると、萩江が手桶を提げて、井戸の方へ近付いてきた。昨日の粗末な衣装のままである。

「水汲みに来たんだよ」

「そうらしいね」

お熊とおまつが、身を寄せてささやいた。

萩江はお熊たちの後ろに立つと、

「あのォ、水を汲んでもいいですか」

と、蚊の鳴くような声で訊いた。

「どうぞ、どうぞ。……釣瓶《つるべ》を使ったことがあるのかい」

お熊が立ち上がって訊いた。

おまつとお富も腰を上げて、萩江のそばに近付いた。濡れた手を尻にまわして拭いている。

「使ったことはありません」

萩江が言った。

「そうかい。心配することないよ。わたしが、手伝ってやるからね。……そこにちいさな桶があるだろう。それを井戸に落として水を汲むんだよ」

そう言うと、お熊が釣瓶を手にした。

おまつとお富は、これに汲むんだね、と言って、萩江が提げていた手桶を井戸の脇に置いた。

三人の女房は、手取り足取り釣瓶の扱いを萩江に教えながら、手桶に水を汲むのを手伝ってやった。

「ありがとうございます。お蔭で、水が汲めました」

萩江は三人に丁寧に礼を言ってから、その場を離れた。

「お蔭で、水が汲めましただって……」

おまつが、首を竦《すく》めながら言った。

「やっぱり、長屋の娘とはちがうね」

お富が、盥のそばに腰をかがめた。

「あたしらとは、育ちがちがうんだよ」

「でも、気持ちのやさしい娘《こ》だよ。島田さまには、お似合いだねえ」

そう言って、お熊は遠ざかっていく萩江の背に目をやった。

四

雨がシトシト降っていた。軒下から、規則的に雨垂れの音が聞こえてくる。長屋はひっそりとしていた。ときおり、子供を叱る母親の声や赤子の泣き声などが聞こえてくるだけである。

源九郎と菅井は、座敷で将棋を指していた。いつものことである。雨天の朝、菅井は決まって将棋盤を抱えて源九郎の家にやってくるのだ。両国広小路で居合抜きの見世物ができないため、やることがないのである。

「おれの勝ちだ」

菅井がニンマリして言った。

「負けたようだな」

　あと、三手でつむ。源九郎と菅井の将棋は、これが三局目だった。これまでの二局は源九郎が勝っていたので、菅井にも一局ぐらいは勝たせてやろうと思い、源九郎はいくぶん手を抜いて指していたのだ。

「勝ったところで、もう一局だな」

　菅井が当然のことのように言った。

「まだ、やるのか」

　もう、たくさんだった。それに、源九郎は雨天でも傘張りの仕事ができるのである。

「雨が降ったら、将棋しかやることはあるまい。まさか、この雨のなか、居合抜きの見世物に行けというのではあるまいな」

「おぬしが、商売に行けないことは分かっているが……」

　勝手なやつだ、と源九郎は思った。

「さァ、やるぞ」

　菅井は、将棋の駒を並べ始めた。

「もう一局だけだぞ」

　仕方なく源九郎が、駒を並べだしたとき、戸口に近付いてくる足音が聞こえた。ひとりではない。三人はいるようだ。

源九郎が駒を並べる手をとめて戸口に目をやると、腰高障子があいた。顔を出したのは島田である。背後に、ふたりの武士が立っていた。見覚えのない顔である。ふたりの武士は、羽織袴姿だった。微禄の御家人といった感じである。

「ふたりとも、ここでしたか」

島田が源九郎と菅井に目をむけて言った。

「後ろのふたりは？」

源九郎が訊いた。

「秋月家の方なのだ」

島田が言うと、ふたりは土間に入ってきて、

「それがし、秋月家の用人、馬場佐兵衛《ばばさへえ》にござる」

と、年配の武士が名乗った。

もうひとり、三十がらみの剽悍《ひょうかん》そうな顔をした男が、若党の森本甚十郎《もりもとじんじゅうろう》でござる、と名乗った。

源九郎と菅井も名乗った後、

「それで、わしらに何かご用でござるかな」

と、源九郎が訊いた。

「おふたりに願いの筋がござって、まかりこしました」

馬場が慇懃《いんぎん》な物言いをした。

「見たとおり、粗末な長屋だが、腰を下ろしてくだされ」

源九郎は座敷に上がれとは言いづらかったので、上がり框《がまち》に腰を下ろしてもらうつもりだった。

すると、菅井が源九郎に身を寄せ、

「おい、将棋はどうするんだ、将棋は」

と、声をひそめて言った。

「後だ。来客の前で、将棋を指すわけにはいくまい」

源九郎は菅井の耳元でささやいてから、馬場と森本にむかって愛想笑いを浮かべた。

島田、馬場、森本の三人は、上がり框に腰を下ろすと、

「おふたりに、茂助のことをお伝えし、亡骸を引き取ってもらったのだ」

と、島田が言った。

茂助が何者かに殺されて七日経っていた。島田が秋月家に出かけ、茂助のことを伝えたらしい。もっとも、島田の立場としては秋月家を訪ねづらいはずなので、中間《ちゅうげん》にでも頼んで馬場か森本に会って話したのであろう。

そのおり、萩江のことを話したか、あるいは馬場たちが茂助の死体を引取りに来て近所で事情を聞き、萩江が島田の許に身を寄せていることを知ったかであろう。

「殿は、いたく萩江さまのことを心配しておられる」

馬場が眉宇《びう》を寄せて言った。

「ご心配なされておられような」

源九郎がもっともらしく言った。

「殿は茂助が殺されたと聞き、萩江さまのお命も狙われているのではないかと案じておられるのだ。それというのも、一月ほど前、萩江さまも何者かに攫《さら》われそうになったことがあったのでな」

「うむ……」

そのことは、萩江から聞いていた。

「萩江さまが、お屋敷にもどられればいいのだが、さきほど萩江さまにお話を聞くと、どうしてもお屋敷にはもどりたくないとのこと……」

そう言って、馬場は脇に腰を下ろしている島田に、チラッと目をやった。

島田は肩をすぼめて、視線を足元に落としている。

「ただ、殿も萩江さまのお気持ちは、分かっておられてな。……無理に萩江さまをお屋敷に連れもどすお気持ちもないようで、従兄弟《いとこ》の松太郎さまを婿に迎えることに迷っておられるようなのだ」

「それで？」

源九郎が訊いた。

「いずれにしろ、萩江さまの身を守らねばならぬ。……何者が茂助の命を奪い、萩江さまを勾引かそうとしているのか分からぬが、秋月家の跡継ぎがはっきりすれば、始末がつくのではないかとみている」

「そうかもしれん」

源九郎も、此度《こたび》の騒動は秋月家の跡継ぎにかかわっているとみていた。

「それまで、萩江さまの身を守らねばなりませぬ」

「いかにも」

「それで、そこもとたちに手を貸していただきたいのだ。……界隈《かいわい》で耳にしたのだが、そこもとたちは、これまで旗本、御家人はおろか、大名家の騒動にも手を貸し、うまく収めているとのこと。……いかがでござろう。萩江さまが、当長屋の住人である島田どのの許に身を寄せたのも何かのご縁。そこもとたちの力で、萩江さまの身を守ってはいただけぬか」

馬場が言うと、

「そういうわけなのだ。……華町どの、菅井どの、おれからも頼む」

と、島田が言い添えた。

「うむ……」

ただというわけにはいかなかった。これまでも、源九郎たちは礼金なり始末料なりを得て、勾引かされた娘を助け出したり、揉め事を始末してきたりしたのである。その金が、源九郎たちの暮らしの糧にもなっていたのだ。

源九郎と菅井がむずかしい顔をして口をとじていると、

「むろん、お礼は差し上げる。いま、手持ちはござらぬが、殿にご相談いたし、ちかいうちにあらためて長屋へまいる所存でござる」

馬場が小声で言った。

「承知した。萩江どのの身はわれらがお守りいたす」

源九郎が言うと、菅井もうなずいた。

萩江は、すでにはぐれ長屋の住人だった。礼金はなくとも、守らねばならないと思っていたのである。

「かたじけのうござる」

馬場が頭を下げると、島田までが頭を下げた。

五

「五十両か！」

孫六が目をひからせて言った。

馬場たちが、はぐれ長屋に来た四日後だった。源九郎、菅井、島田、孫六、茂次、三太郎の六人が、亀楽に集まっていた。昨日、馬場と森本があらためて長屋に姿を見せ、依頼金として五十両を置いていったのだ。

馬場によると、此度の件の始末がついたら、あらためて礼金として百両渡すつもりだという。

亀楽は、松坂町《まつざかちょう》の回向院《えこういん》近くにある縄暖簾《なわのれん》を出した飲み屋で、はぐれ長屋から近いこともあって、源九郎たちは贔屓《ひいき》にしていた。

亀楽のあるじは元造《もとぞう》。寡黙な男で、お峰《みね》という通いの婆さんとふたりだけで店をやっていた。たいした肴《さかな》はないが、酒は安価で好きなだけ飲ませてくれた。それに、源九郎たちの都合を聞いてくれ、今日も、源九郎が長屋の者だけでじっくりと飲みたいと言うと、店を貸し切りにしてくれたのだ。

源九郎がこれまでの経緯を一通り話してから、

「どうだ、手を貸してくれるか」

と、男たちに視線をまわして訊いた。

「おれは、やるぜ」

すぐに、茂次が言った。

「あっしもやる。萩江さまは長屋の住人だ。それに、島田の旦那の奥方だぜ。銭などもらわなくてもやらなけりゃァ、長屋には住めねえよ」

孫六が声を上げた。

三太郎も、やります、と言い、菅井は表情を動かさずに、うなずいた。

「よし、では、分けよう」

源九郎は、懐から切り餅をふたつ取り出した。切り餅は一分銀が二十五両分、紙で方形につつんである。ふたつで、五十両だった。

「六人だと分けづらいな」

源九郎がそう言うと、

「おれは、もらえない。萩江どのの身を守るのに、礼金をもらったとあっては、おれの立場がないからな」

島田が語気を強めて言った。

「もっともだ。亭主が女房を守るのに、礼金をもらうわけにはいかねえな」

と、茂次。

「へッへへ……。萩江さまは、島田の旦那の女房だものな」

孫六が口元に薄笑いを浮かべて言った。

「よし、では、五人で分けよう」

源九郎は、島田が当座の暮らしに困らないことを知っていた。島田の懐には、篠田屋で得た金があるはずである。

源九郎は切り餅の紙を破り、一分銀を五人の前に均等に置いた。一分銀、四枚で一両である。ひとり頭、四十枚ずつということになる。

「さァ、今夜は存分に飲んでくれ」

源九郎が言うと、

「極楽、極楽……。懐が暖かくなった上に、酒が飲めるんだ」

孫六が目尻を下げてつぶやいた。孫六は酒に目がないのである。

「それにしても、萩江さまはお姫さまのようですね」

三太郎が、一分銀を巾着《きんちゃく》にしまいながら小声で言った。

三太郎は面長で青白い肌をし、顎が張っていた。青瓢簞《あおびょうたん》のような顔である。

三太郎の生業《なりわい》は砂絵描きだった。砂絵描きは、染粉で染めた砂を色別に小袋に入れて持ち歩き、人出の多い寺社の門前や広小路などで地面に水を撒《ま》き、その上に色砂をたらして絵を描いて観せる大道芸である。

「まったくだ。掃溜めに鶴のようだぜ」

茂次が手酌《ちょく》で猪口に酒をつぎながら言った。

「掃溜めに鶴か」

源九郎がつぶやくと、

「おい、みんな、これからははぐれ長屋じゃァなくて、鶴亀長屋《つるかめながや》と呼んだらどうだい。縁起のいい名だぜ」

茂次が猪口を手にしたまま声を上げた。

「なんだ、鶴亀長屋とは」

菅井が仏頂面をして訊いた。

「長屋には鶴がいて、近くに亀楽がある。鶴と亀に縁があるので鶴亀長屋でさァ」

茂次がもっともらしい顔をして言った。

「ハッハハハ……。こいつはいいや。鶴亀長屋だとよ」

孫六が大口をあけて笑った。

三太郎も、つられて笑っている。菅井は白けたような顔をし、島田は戸惑うような表情を浮かべている。

それから一刻（二時間）ほど飲んで、源九郎たちは腰を上げた。

外は満天の星だった。頭上で、十六夜《いざよい》の月が皓々《こうこう》とかがやいている。五ツ（午後八時）ごろであろうか。家並は夜の帳《とばり》につつまれ、ひっそりと寝静まっていた。

源九郎たちは、はぐれ長屋へむかって夜道を歩いた。

孫六、茂次、三太郎の三人は肩を寄せ合って、ふらつきながら歩いていく。ときおり、くぐもった声や下卑《げび》た笑い声が聞こえた。

孫六が「どうだい、お梅のぐあいは」と言って、ヒヒヒッ、と笑った。すると、茂次が「まァ、まァだ。……とっつァんなんか、もう干上がって、女はいらねえんだろう」と言い返した。「何を言ってやがる。まだ、まだ、これからよ。茂次や三太郎には、負けねえよ」と、孫六がふたりの尻をたたきながら言った。

どうやら、いつもの卑猥《ひわい》な話になったようである。孫六たち三人は酔うと、下卑た話に落ちるようだ。

「おい、菅井」

歩きながら、源九郎が声をかけた。菅井は懐手をして飄然《ひょうぜん》と歩いている。

「なんだ」

「長屋を探っていた牢人だが、わしは近いうちに何か仕掛けてくるとみているのだがな」

源九郎が言った。

「おれもそうみている」

菅井が答えると、源九郎の後ろにいた島田が、源九郎の肩口から首をのぞかせて、

「萩江どのを襲うとみているのか」

と、訊いた。月光に浮かび上がった顔がこわばっている。

「萩江どのの命が狙いなら襲うかもしれん」

源九郎は、牢人の狙いは萩江の命ではないような気がした。萩江から、駕籠に乗せられて、連れ去られそうになったと聞いていたからである。

「萩江どのは、おれが守る」

島田が語気を強くして言った。

「おぬしひとりではない。長屋には、おれたちもいる」

源九郎は、菅井と目を合わせながら言った。

六

源九郎が座敷で傘張りをしていると、戸口に駆け寄る下駄の音がした。

ガラリ、と腰高障子があいて、お熊が顔を出した。洗濯をしていたのだろうか。両手が濡れている。

「だ、旦那！　うろんな牢人が来たよ」

お熊は、源九郎の顔を見るなり言った。

「来たか！」

牢人の狙いは、萩江であろう。

「三人だよ」

「なに、三人だと！」

源九郎は立ち上がり、傍らに置いてあった大刀をつかんだ。

「どこへ行った？」

「島田の旦那の家の方だよ」

「お熊、菅井に知らせてくれ」

源九郎は土間に飛び下りた。菅井は長屋にいるはずである。亀楽で飲んだ翌日から、菅井は両国広小路には行かず、萩江を襲うかもしれない牢人にそなえていたのである。

「分かった」

お熊も、源九郎につづいて戸口から飛び出した。

八ッ半（午後三時）ごろだった。長屋は妙に静かだった。子供たちは遊びに出かけ、女房連中は夕餉《ゆうげ》の支度を始める前のいっとき、家のなかで一休みしているのかもしれない。

源九郎は刀をひっ提げて、島田の家へ走った。

そのとき、島田は座敷で萩江とふたりで茶を飲んでいた。萩江が淹《い》れてくれたのである。

島田は戸口に近寄る複数の足音を聞いて、手にした湯飲みを脇に置いた。長屋の住人の足音ではないような気がしたのだ。

足音は腰高障子の向こうでとまった。すぐには障子があかず、短い影が三つ、障子に映っている。家の様子をうかがっているようだ。

島田は脇に置いてあった大刀に手を伸ばした。

「藤四郎さま、だれでしょうか」

萩江が不安そうな顔をして訊いた。

「分からぬ。……萩江どの、後ろに下がっていてくれ」

そう言って、島田が立ち上がった。

そのとき、腰高障子があいた。総髪で、色の浅黒い男が立っていた。小袖に袴姿で、大刀を一本だけ落とし差しにしていた。

男は底びかりのする目で、家のなかを見まわした。牢人体である。その男の背後にも、ふたりの男の姿があった。顔は見えなかったが、刀を差していることは分かった。ふたりとも、武士のようである。

「何者だ！」

島田が誰何《すいか》した。見覚えのない顔だった。

「うぬが、島田か」

男がくぐもった声で訊いた。

「何の用だ」

島田は上がり框のそばに立ち、刀を腰に差した。

「萩江を、連れに来た」

そう言って、男が土間に入ってきた。

さらに、大きく腰高障子があいて、ふたりの男も土間に踏み込んできた。ひとりは偉丈夫で総髪、ひとりは小柄で月代を剃り髷《まげ》を結っていたが、小袖と袴はよれよれで、大刀を一本落とし差しにしていた。後から入ってきたふたりも、一見して牢人と分かる風体だった。

二人の男は後ろ手に障子をしめた。長屋の者たちに中の様子を見られたくなかったのだろう。

「だれに、頼まれたのだ」

島田が訊いた。牢人たちの考えで、萩江を拉致《らち》するとは思えなかったのである。

「問答無用！」

色の浅黒い男が、強引に上がり框から座敷へ上がろうとした。

瞬間、島田が抜刀し、男の喉元に切っ先をむけた。すばやい太刀捌《たちさば》きである。

「喉を突き刺すぞ」

島田が低い声で言った。

端整でおだやかそうな面立ちが、豹変していた。顔がひきしまり、鋭い目で男を見すえている。

「ま、待て……」

男は上体を反らせるようにして後じさった。

脇にいたふたりの男が刀の柄を握って、抜刀体勢を取っている。

浅黒い顔をした男の右手に、偉丈夫の男がいた。異様な殺気がある。腰が据わり、全身に気勢がみなぎっていた。

……こやつ、できる！

島田は察知した。

偉丈夫の男は面長で鼻梁が高かった。蛇《くちなわ》を思わせるような細い目をしている。

胸が厚く、首が太かった。全身を鋼のような筋肉がおおっている。武芸の修行で鍛え上げた体であることは、すぐに分かった。

「島田、その男を突き刺してみるがいい。……おれが踏み込んでいって、萩江の首を落とす」

偉丈夫の男が低い声で言った。いまにも、抜刀しそうな気配がある。

「なに……」

島田の顔がこわばり、刀を手にしたまま動きがとまった。この男なら、やりかねないと思ったのである。

「動くなよ」

もうひとりの小柄な男が、左手にまわり込んで座敷に上がろうとした。萩江を押さえて、外へ連れ出すつもりらしい。

そのときだった。戸口に走り寄る複数の足音が聞こえた。そして、腰高障子の向こうでとまると、

「表に出ろ！　出ねば、障子ごと斬る」

と、凄《すご》みのある声が聞こえた。

菅井だった。もうひとりいる。源九郎のようだ。ふたりの影が障子に映ってい

る。

　ふたりは障子の向こうで、鋭い剣気をはなっていた。剣の遣い手なら、障子の外にいるふたりの剣気を感じとれるはずだ。

「待て！　いま、外へ出る」

　偉丈夫の男が言った。男は、そのまま障子ごと斬られかねない、と察知したのだ。

　男はきびすを返すと、すばやく抜刀し、障子を大きくひらいた。

　戸口にいた源九郎と菅井は身を引いて、三間ほどの間合を取った。男たちが、外へ出られるだけの間合をあけたのだ。

　三人の男は、外へ出てきた。そして、戸口で左右にひろがってから、源九郎と菅井に切っ先をむけた。刀を存分にふるえる間合を取ったのである。

　三人の男につづいて、島田も外へ出た。左手に大きくまわり込み、小柄な男に切っ先をむけた。

七

「おぬし、名は？」

源九郎が偉丈夫の男に訊いた。

「名など忘れたよ」

男の口元に薄笑いが浮いている。源九郎が老人だったので、あなどったのであろう。

「だれに頼まれた」

源九郎は、牢人たちと萩江が直接かかわっているとは思えなかった。牢人たちはだれかに依頼されて、萩江を拉致しようとしているのであろう。

「知らぬ」

男は切っ先を源九郎にむけた。

「やらねばならぬな」

源九郎も抜刀した。

男は八相に構えた。両肘を高くとった大きな構えである。その偉丈夫とあいまって、上からかぶさってくるような迫力があった。

源九郎は青眼に構え、切っ先を男の目線につけた。

……できる！

と、源九郎は察知した。

源九郎の背筋を冷たい物がかすめたような感覚がはしり、鳥肌が立った。

偉丈夫の男は、尋常な遣い手ではなかった。どっしりと腰が据わり、全身に気勢が満ち、対峙した者を竦ませるような威圧がある。

だが、源九郎は臆さなかった。全身に気魄《きはく》を込め、剣尖《けんせん》で敵を攻めた。男は、眼前に切っ先が迫ってくるような威圧を覚えるはずである。

一瞬、男の顔に驚きの表情が浮いた。源九郎が、これほどの遣い手とは思わなかったのであろう。

「おぬし、何流を遣う」

男がくぐもった声で訊いた。

「鏡新明智流。……おぬしは？」

「一刀流《いっとうりゅう》」

ぼそっ、と男が答えた。一刀流だけでは、道場をつきとめるのもむずかしい。江戸市中には、小野派一刀流、中西派一刀流、北辰一刀流などの道場があったからである。

「いくぞ！」

男が足裏を摺《す》るようにして間合をつめ始めた。

源九郎は動かなかった。気を鎮めて、男の斬撃《ざんげき》の起こりをとらえようとした。

菅井は浅黒い顔をした男と対峙していた。

間合はおよそ三間半。まだ、一足一刀の間境からは遠かった。

菅井は居合腰に沈め、左手で刀の鯉口を切り、柄に右手を添えていた。居合の抜刀体勢をとったのである。

「居合か！」

男の顔に恐怖の色が浮いた。

男は青眼に構えていたが、菅井にむけられた切っ先がかすかに震えていた。気の昂《たかぶ》りで、肩に力が入り過ぎているのだ。それほどの遣い手ではないようだ。

菅井は無表情のまま趾《あしゆび》を這《は》うようにさせて、
居合は、抜刀の迅《はや》さと敵との間積もりが何より大事だった。抜刀時の一寸の差が、勝負を決するのである。

男は後じさった。菅井が斬撃の間合に入ってくるのを恐れたのである。

かまわず、菅井は男との間合をつめていく。

ふいに、男の足がとまった。踵《かかと》が長屋の棟の板壁に近付き、それ以上下がれなくなったのだ。

と、菅井が抜刀体勢をとったまま大きく一歩踏み込んだ。

瞬間、男の腰が伸び、剣尖がわずかに浮いた。菅井の気魄に押されたのである。

この一瞬の隙を、菅井がとらえた。

イヤアッ！

菅井が裂帛《れっぱく》の気合を発して抜きつけた。

シャッ、という刀身の鞘走る音とともに、菅井の腰元から稲妻のような閃光《せんこう》がはしった。

次の瞬間、男が身をのけ反らせた。肩口の着物が裂け、あらわになった肌に血の線がはしった。

迅い！

男に、菅井の太刀筋は見えなかっただろう。一瞬、閃光が目に映じただけにちがいない。そのくらい、菅井の抜きつけの一刀は迅かった。

男の肩口から血が噴いた。男は獣の唸《うな》るような声を上げてよろめき、長屋の板壁に背を当てて足をとめた。

男は板壁に背を擦《こす》りながら、腰からずるずると沈むように尻餅をついた。

見る間に男の着物が、血に染まっていく。男は恐怖に目をつり上げ、歯を剝き出して呻《うめ》き声を上げている。

菅井は男の前に立ったまま血振《ちぶ》り（刀身を振って血を切る）をくれると、源九郎と島田に目を転じた。

源九郎は偉丈夫の男と対峙していた。すでに、一合したらしく源九郎の着物の左の肩口が裂けていた。血の色はないので、斬られたのは着物だけであろう。偉丈夫の男の右袖も裂けていた。やはり、斬られたのは着物だけのようだ。

……互角か。

と、菅井はみてとった。

一方、島田は小柄な男と相対していた。まだ、勝負はついていなかったが、明らかに島田が優勢だった。小柄な男の顔はこわばり、青眼に構えた切っ先が笑うように震えていた。腰も浮いている。

……島田が後れをとるようなことはない。

とみてとった菅井は、源九郎のそばに走った。

偉丈夫の男は、走り寄る菅井の姿を見ると、すばやい足捌きで後じさり、

「引け！」

と、一声上げて反転した。仲間のひとりが菅井に斃《たお》されたのを目の端にとらえたらしい。

源九郎は男を追わなかった。もっとも、男の逃げ足が速く、源九郎が追っても追いつけなかっただろう。

島田と対峙していた男も後じさって間合を取ると、きびすを返して逃げだした。

「華町、大事ないか」

菅井が源九郎に歩を寄せて訊いた。

「ああ、斬られたのは着物だけだ」

源九郎は、着物の裂けた肩口に目をやって言った。

そこへ、島田が近付いてきて、

「あやつら、何者でしょう」

と、訊いた。顔が紅潮している。真剣勝負の高揚が、まだ残っているようだ。

「あいつに、訊いてみるか」

菅井は板壁を背にしてへたり込んでいる男に歩を寄せた。

菅井がふたりの男を追わなかったのは、深手を負ったひとりが残っていたからだ。男から事情を訊けば、牢人たちの正体が知れると思ったのである。

源九郎と島田も、男に近付いてきた。

男は蒼ざめた顔で、苦しげに喘《あえ》ぎ声を上げていた。肩口からの出血ははげしく、着物がどっぷりと血に染まっている。

「おぬしの名は？」

菅井が、切っ先を男の鼻先に突き出して訊いた。

「む、村田甚八《むらたじんぱち》……」

男は声をつまらせながら名乗った。隠すつもりはないようだ。もっとも、己の命が長くないことを察しているのかもしれない。

「偉丈夫の男は？」

「よ、吉川左之助《よしかわさのすけ》……」

そこまで言ったとき、村田は苦しげに顔をゆがめ、顎を突き出すようにしてハァ、ハァと荒い息をついた。黒目が、小刻みに動いている。源九郎たちの姿は見えていないのかもしれない。

「だれに頼まれたのだ」

菅井が声を大きくして訊いた。

だが、村田は何も答えなかった。顎を突き出すような格好のまま、グッと喉のつまったような呻き声を洩《も》らし、背を反らせた。

一瞬、海老のように上体を反らせて体を顫わせたが、ガックリと首を落として動かなくなった。息がとまっている。

「死んだ……」

島田が言うと、

「手加減して斬ればよかったな」

菅井が渋い顔をして納刀した。

「島田、吉川という名に覚えがあるか」

源九郎が訊くと、島田は首を横に振った。

第三章　手《て》練《だれ》

一

「おっ、富《とみ》がおれの指をつかんで離さねえぜ」

孫六が目を細めて言った。

富助《とみすけ》は、孫六の初孫である。孫六は富助を目のなかに入れても痛くないほど可愛がっていた。

富助は母親のおみよに抱かれていたのだが、おみよが上がり框《がまち》近くに立たせたのだ。孫六は、富助のすぐ前に屈んでいる。

ちかごろ、富助はよちよち歩きするようになったが、そばにいてやらないと、上がり框から土間へ転がり落ちるのだ。

その富助の鼻先に孫六が手を出すと、富助はちいさな手で孫六の親指を握りしめて、バア、バア、と言葉にならない声を出していた。

「富、おれはバア、バアじゃねえ。ジイ、ジイ、だ」

孫六が富助の前に顔を突き出して言った。

富助は握りしめた指を振りながら、バア、バア、と言って、嬉しそうに笑った。

「ジイ、ジイ、だよ」

孫六が言うと、

「まだ、無理よ」

おみよが、笑った。

すると、富助は孫六の指を離し、おみよの方に体をむけてよちよち歩き、両手を突き出しておみよに抱き付いた。おみよの笑い声を聞いたせいらしい。

「やっぱり、爺《じじ》いより、おっ嬶《か》ァの方がいいか」

孫六は立ち上がって、きびすを返した。

「おとっつァん、今日は、飲んでこないでしょうね」

おみよが、富助を抱きながら声をきつくして言った。ちかごろ、孫六が飲んで帰ることが多くなったので、おみよが釘を刺したのである。

「朝のうちから、飲むかい」

そう言い置いて、孫六は敷居をまたいだ。

……ヘッ、酒をやめるくれえなら、死んだ方がましだよ。

孫六は胸の内で毒づいた。

だが、悪い気はしなかった。おみよが、孫六の体を気遣って言ったのは分かっていたし、孫六の指に富助の柔らかくて温かい手の感触が残っていたからである。

長屋は春の陽射しにつつまれていた。五ツ（午前八時）ごろであろうか。長屋は静かだった。井戸端まで行くと、お熊とお富が、いつものように洗濯をしながらおしゃべりをしていた。お熊は恥ずかしげもなく、盥《たらい》を前にして股をひらいている。太い大根のような股の間から、色褪《いろあ》せた赤い二布《ふたの》が覗いていた。いつもの格好である。

「お熊、観音さまをご開帳かい」

通りかかった孫六が、ニヤニヤしながら言った。

「この、すけべ爺い！」

お熊が盥の水をかけながら、

「頭でも冷やしな」

と、声を上げた。

「ヘッヘヘ……。暖《あった》かくなったんで、観音さまも虫干ししたくなったんだろうよ」

孫六は跳ねるような足取りで井戸端を離れた。孫六は左足がすこし不自由だったが、長年岡っ引きで鍛えたこともあって、まだ足腰は衰えていなかった。

孫六は路地木戸を出ると、竪川沿いの道へ足をむけた。これから、外神田の佐久間町へ行くつもりだった。佐久間町に、秋月房之助の妾の子、誠之助の住む家があると聞いていたのだ。

源九郎や孫六たちは、萩江を勾引《かどわ》かそうとした牢人たちは秋月家の継嗣争いにかかわっている、とみていた。なかでも継嗣争いに強くかかわっているのは、秋月の弟の寺島昌次郎と誠之助であろう。

孫六たちが源九郎の部屋に集まり、探索をどうするか相談したとき、

「まず、誠之助を探ってみることだな」

と、源九郎が言い出した。

それというのも、萩江が婿を迎えて秋月家を継ぐことになれば、誠之助の継嗣の目はなくなり、秋月家における己の立場を失うからだ。誠之助にとって、萩江は邪魔な存在なのである。

「それにな、誠之助なら徒牢人《いたずらろうにん》とのつながりがあるかもしれん」

源九郎が言い添えた。

誠之助は、母とともに佐久間町の妾宅に住んでいた。徒牢人とは接触しやすい立場である。それに、誠之助には、秋月家や寺島家のように萩江の勾引かしを命ずる家臣も奉公人もいないのだ。誠之助の場合、腕のたつ牢人の力を借りなければ、萩江を攫《さら》うのはむずかしいのである。

「あっしが、探ってみやすよ」

そう言って、孫六は誠之助の探索を引き受けた。それというのも、佐久間町に伝造《でんぞう》という知り合いの岡っ引きがいたからである。

……伝造に訊《き》けば、誠之助がどんな男か分かるだろう。

と、孫六は踏んだのだ。

孫六は大川にかかる両国橋を渡り、賑やかな西の橋詰に出た。そこは、両国広小路で大勢の老若男女が行き交っていた。孫六は人混みのなかを縫うようにして歩いた。

両国広小路を抜けて柳原通りに出ると、急に人通りがすくなくなり、一息つくことができた。

孫六は柳原通りを筋違《すじかい》御門の方に歩いた。そして、神田川にかかる新《あたら》シ橋《ばし》を渡って外神田へ出ると、しばらく神田川沿いの道を歩いて佐久間町に入った。佐久間町は神田川沿いに、一丁目から四丁目まで細長くつづいている。

孫六は、和泉橋《いずみばし》が前方に見えてきたところで足をとめた。

……この辺りに店があったはずだがな。

孫六は通り沿いに目をやった。

たしか、伝造はおときという女房に小料理屋をやらせていたはずである。孫六は岡っ引きだったころ、小料理屋に何度か来たことがあったのだ。

……あれだ、あれだ。
五、六軒先に、小料理屋らしい店があった。格子戸の脇の柱に掛け行灯《あんどん》がある。行ってみると、掛け行灯に「もみじ屋」と記してあった。
まだ、暖簾《のれん》は出ていなかった。店をひらくのは、夕暮近くになってからかもしれない。

孫六が格子戸に手をかけると、簡単にあいた。

二

小料理屋のなかは薄暗かった。人影はない。土間の先が座敷になっていて、間仕切の屏風《びょうぶ》が立ててあった。追い込みの座敷らしい。その先には障子があり、小座敷になっているらしかった。そこにも客を入れるのだろう。

「だれか、いねえかい」

孫六は奥にむかって声をかけた。

すると、下駄の音がし、座敷の脇からでっぷり太った大年増《おおどしま》が出てきた。赤い片襷《かただすき》をかけ、前だれをしていた。手が濡れているところを見ると、洗い物でもしていたのかもしれない。

「お客さん、まだ、店はひらいてないんですよ」

女は愛想笑いを浮かべて言った。孫六のことを客と思ったようだ。

「おときさんかい」

孫六が言った。
四、五年前、柳原通りを伝造とふたりで歩いているおときの姿を見て以来だった。そのときより、さらに太り、頰が饅頭《まんじゆう》のように膨れていたが、その細い目や男心をそそる受け口に見覚えがあった。おときにまちがいない。

「あんた、だれだい？」

おときが、訝《いぶか》しそうな顔をして孫六を見た。

「忘れちまったかい。番場町の孫六だよ」

「ああ、番場町の親分……」

おときが、細い目を見開いて言った。思い出したようだ。

「親分はいるかい」

「いま、呼びますよ」

そう言い残すと、おときは大きな尻をふりふり奥へむかった。

待つまでもなく、小柄な男が出てきた。伝造である。四十代半ば、丸顔で肌が浅黒く、丸い目をしていた。狸のような顔である。

「番場町の、どうしたい？」

伝造は、まァ、かけてくれ、と言って、自分も追い込みの座敷の框に腰を下ろした。

孫六は伝造の脇に腰を下ろし、

「ちょいと、訊きてえことがあってな」

と言って、懐から一朱銀を取り出し、伝造に握らせてやった。伝造はむかしから仲間内でも、ただでは話さなかったのだ。

「すまねえなァ。それで、何を訊きてえんだい」

伝造が相好《そうごう》をくずして言った。袖の下が利いたらしい。

「秋月誠之助ってえ男を知ってるかい」

「御家人かい」

伝造が驚いたような顔をして訊いた、いきなり、武士の名が出るとは思わなかったのだろう。

「いや、妾の子なんだ。母親は町人の娘でな、おふねというらしい」

孫六は、島田からおふねという名を聞いていたのだ。島田は萩江から聞いたらしい。

「おふねな」

「佐久間町に住んでいるようだ。……おふねの旦那は、秋月ってえ旗本だそうだよ」

「ああ、知ってるぜ」

伝造が膝をたたいた。思い出したようである。

「おふねは、どんな女だい」

孫六は母親から訊いてみようと思った。

「おめえ、何を探ってるんだい。……それに、岡っ引きは、とうの昔に足を洗ったと聞いてるぜ」

伝造がいぶかしそうな目をして孫六を見た。

「長屋の娘が、誠之助にほの字でな。おれが岡っ引きをしてたことを知ってて、様子を探ってくれと頼まれたのよ。……名は侍のようだが、母親が町人なら、何とかなると思ったらしいな」

孫六は適当な作り話を口にした。

「旦那の意向で倅は武家のように育てたらしいが、暮らしぶりは町人と変わりねえようだぜ」

伝造が言った。

「それで、おふねだが、家は何をしていたんだい？」

「大工だったと聞いたがな。おふねは、柳橋の福乃屋《ふくのや》ってえ料理屋の座敷女中をしていて、旗本とできたらしいな」

「そういうことか」

おそらく、秋月房之助が客として福乃屋に出入りし、酌についたおふねと懇《ねんご》ろになったのだ。そのうち、おふねが誠之助を身籠もり、佐久間町に囲われたのであろう。

「ふたりが住んでるのは、借家かい」

孫六が訊いた。

「そうだ。小体《こてい》な家でな、母と倅のふたりきりで、ひっそり暮らしてるようだぜ」

「下働きは、いねえのかい」

侍の奉公人はともかく、下男か下女ぐらいは使っているのだろう、と孫六は思っていたのだ。

「奉公人はいねえようだ。……もっとも、旦那から暮らしていけるだけの合力はあるらしいがな」

伝造によると、おふねも誠之助も働いている様子はないという。

「家に、侍は出入りしてねえのか」

「おれも詳しいことは知らねえが、倅の他に男の出入りはねえようだぜ」

伝造が首をひねりながら言った。はっきりしないのだろう。

「おふねと誠之助だが、評判はどうだい」

孫六は別のことを訊いた。

「悪くはねえよ。あまり、近所と付き合いはねえようだがな」

「ふたりが、牢人と歩いているのを見たことはねえか」

孫六は、おふねか誠之助かが、はぐれ長屋に乗り込んできた牢人とつながっているのではないかと思ったのだ。

「牢人だと。……見たことがねえな」

伝造は、はっきりと言った。

おふねも誠之助も、人目を忍んでつつましく暮らしているようである。ただ、表向きはそうであっても、裏はどうか分からない。まして、大身の旗本の家を継げるかどうかの瀬戸際である。人も変わるだろう。

「伝造、おふねと誠之助の住む家はどこだい」

孫六は妾宅を見ておこうと思った。

「和泉橋のたもとから二町ほど行ったところだ。下駄屋の先に、板塀をめぐらせた家がある。そこが、おふねの家だよ」

「手間をとらせたな」

孫六は腰を上げた。

行ってみると、おふねと誠之助の住む家はすぐに分かった。伝造が話したとおり、下駄屋の先に板塀をめぐらせた仕舞屋《しもたや》があった。

小体な家だった。妾宅ふうの仕舞屋で、通りからすこしひっ込んだ場所にあった。人目を忍んで、つつましく暮らしている様子がうかがえる。

……ちょいと、覗いてみるか。

孫六は通りから見えない奥まった場所に身をひそめ、板塀の隙間からなかを覗いてみた。

板塀の先が庭になっていた。庭といっても、縁先の狭い場所に椿と梅が植えられているだけである。梅の枝がちいさな若葉をつけていた。

庭は手入れされていた。庭木は刈り込んであったし、雑草はほとんど生えていなかった。おふねか誠之助が、手入れしているのかもしれない。

そのとき、縁側の先の障子があき、男がひとり姿を見せた。若侍だった。小袖に袴姿で、手に木刀を持っている。

……誠之助だな。

孫六は若侍に目をむけた。

二十歳前後であろうか。面長で端整な顔立ちの若者だった。妾の子にありがちな陰湿で、荒廃した雰囲気はなかった。若者らしい溌剌《はつらつ》とした感じがある。

若侍は草履《ぞうり》を履いて庭へ下りると、たもとから細紐を取り出して襷《たすき》をかけ、木刀の素振りを始めた。

ヤッ、ヤッ、と気合を発し、一振り一振りに気魄《きはく》を込めて振っている。

……剣術の心得はあるようだぜ。

孫六にも、若侍が剣術を身につけていることが分かった。おふねが、誠之助を武士として育てるために、剣術の道場に通わせたのであろう。

孫六は、小半刻（三十分）ほど、板塀の陰に身を寄せて家の様子をうかがっていたが、おふねが姿をあらわさなかったので、その場を離れた。誠之助と思われる若侍は、木刀を振りつづけている

三

奥の座敷で、八重《やえ》の笑い声が聞こえた。八重は源九郎の孫娘で、三歳になる。さきほどまで源九郎の膝の上にいたのだが、むずかり出したので、母親の君枝《きみえ》が

奥の座敷に連れていったのだ。

華町家には、新太郎《しんたろう》という長男もいた。七歳である。新太郎も源九郎のそばにいたのだが、君枝について奥の座敷に行ってしまった。

この日、源九郎は深川六間堀町《ろつけんぼりちょう》にある倅の俊之介の家に来ていた。俊之介は御家人で、御納戸同心である。

源九郎は、俊之介なら秋月家と寺島家のことを知っているのではないかと思い、話を聞きに来たのである。

「俊之介、本郷に屋敷のある秋月家を知っているか」

源九郎が切り出した。君枝や孫たちがいるときは、話ができなかったのだ。

「御小納戸衆をされていた方ですね」

「そうだ」

「たしか、四年ほど前に、病のために致仕されたはずですが……。父上、秋月家のことで何か？」

俊之介が怪訝《けげん》な顔をした。突然、源九郎が秋月家のことを口にしたからであろう。

「いや、わしの知り合いが、秋月家の息女を嫁にしたいと言い出してな。まァ、わしがとやかく言う立場ではないのだが、どんな家かと思ったのだ」

源九郎は島田と萩江の名は出さなかった。

「父上、秋月家の家禄は、千石ですよ」

俊之介が、他人ごとのように言った。相手は大身の旗本で、貧乏御家人や隠居した長屋暮らしの年寄りとは身分がちがう、と言いたいのかもしれない。

「嫡男が亡くなって、跡取りで揉《も》めていると聞いたのだがな」

構わず、源九郎がさらに水をむけた。

「ご嫡男が亡くなったことは聞いていますが、跡取りで、揉めているという話は知りませんね」

俊之介は素っ気なく言った。

「そうか」

秋月が致仕してから四年も経っているので、俊之介も最近のことは知らないのかもしれない。

「ところで、寺島昌次郎という男を知っているか」

源九郎は話題を変えた。

「寺島……」

俊之介は首をひねった。

「旗本だが、非役でな。二百五十石取りだと聞いている」

「……」

俊之介は口をつぐんで首をひねっている。名が浮かばないようだ。

「秋月家から婿にいった男で、屋敷は小川町《おがわちょう》にあるそうだ」

源九郎は、島田から寺島家の屋敷が小川町にあると聞いていたのだ。

「ああ、名を聞いた覚えはあります」

俊之介がうなずいた。

「どんな男だ？」

「どんな男と訊かれても、会ったことはないし……」

俊之介は語尾を濁した。

「評判はどうだ」

「さァ……。そう言えば、剣術が強いと聞いたことがありますよ」

「剣術がな。何流を遣うのだ」

「分かりません。剣術のことは、父上の方がくわしいんじゃないですか」

「うむ……」

いずれにしろ、本郷か小川町近くの道場に通ったのだろう、と源九郎は推測した。

さらに、源九郎は秋月と寺島について訊いてみたが、新たなことは何も分からなかった。俊之介も、それ以上は知らないようだ。

「また、来よう」

話がとぎれたところで、源九郎は腰を上げた。華町家でも、そろそろ夕餉《ゆうげ》の時間であろう。源九郎の分は用意してないはずである。

俊之介、君枝、それにふたりの孫に見送られて華町家を出ると、辺りは淡い暮色につつまれていた。すでに、暮れ六ツ（午後六時）を過ぎている。

源九郎は懐から手ぬぐいを出して首に巻いた。六間堀の水面を渡ってきた風が冷たかった。手ぬぐいを首に巻き、すこし背を丸めて歩く源九郎の姿は、いかにも頼りなげな老爺《ろうや》だった。

六間堀沿いの通りは寂しかった。通りに人影はなく、通り沿いの小店は店仕舞いし、ひっそりと夕闇につつまれている。

そのとき、背後から近付いてくる足音がした。

……おれを襲う気か！

源九郎は後ろを振り返った。

牢人体だった。大柄な男で、手ぬぐいで頬っかむりしていた。小袖に袴姿。大刀を一本落とし差しにしている。

源九郎は、男とどこかで会ったような気がしたが思い出せなかった。もっとも、顔が見えなかったので、はっきりしたことは分からなかった。気のせいかもしれない。

男は小走りになり、源九郎との間をつめてきた。男の身辺に殺気がある。源九郎を狙っているようだ。

……前にもいる！

半町ほど前方の堀沿いの柳の樹陰に、別の人影があった。

そこは闇につつまれていたので、何者なのか分からなかった。ただ、刀を差しているので、武士であることは知れた。

源九郎は歩きながら、左手を刀の鍔元《つばもと》に添えて鯉口を切った。背後の足音は、すぐ近くに迫っている。

前方の男が、ゆっくりと通りへ出てきた。偉丈夫だった。総髪で、大刀を一本落とし差しにしている。

……吉川だ！

長屋に押し入ってきた牢人だった。捕らえた村田甚八が、吉川左之助と口にした男だ。遣い手である。

四

源九郎は足をとめると、すばやく堀沿いに身を寄せた。背後から攻撃されるのを避けようとしたのだ。

背後から男が走り寄り、源九郎の左手へまわり込んできた。

……こやつ、佐山だ！

篠田屋を強請《ゆす》り、源九郎と闘った男である。手ぬぐいで頰っかむりしているのは、顔を隠すつもりがあるからだろう。

「佐山だな」

源九郎が声をかけると、

「気付いたか」

言いざま、佐山は手ぬぐいを剝《は》ぎとった。

佐山はギョロリとした目で、源九郎を睨《にら》みながら、

「篠田屋での礼をさせてもらうぞ」

と言って、刀を抜いた。殺気がみなぎっている。

そのとき、吉川が正面にまわり込んできた。およそ三間ほどの間合をとって源九郎と対峙すると、

「華町、待っていたぞ」

と、低い声でつぶやいた。まだ、両手をだらりと垂らしたままだった。夕闇のなかで、細い目が切っ先のようにひかっている。

「わしの跡を尾《つ》けたのか」

源九郎が訊いた。ふたりは、六間堀沿いの通りで待ち伏せていたようなのだ。

「おれが尾けたのだ」

佐山が言った。

「吉川、うぬも佐山の仲間だったのか」

源九郎は意外な気がした。これまで、此度《こたび》の件と佐山たちをつなげてみたことはなかったのだ。

「どうかな」

吉川は口元に薄笑いを浮かべて抜刀した。

「やるしかないようだな」

　源九郎も抜いた。

　吉川は八相に構えた。両肘を高くとっている。八相は木の構えとも言うが、偉丈夫とあいまって、まさに大樹のような大きな構えだった。

　源九郎は青眼に構え、切っ先を吉川の目線につけた。

　左手の佐山も青眼だった。ただ、間合が遠かった。それに、斬り込んでくる気配がなかった。ここは、吉川にまかせるつもりなのだろう。

「いくぞ！」

　吉川が一声上げて、間合をつめ始めた。

　趾《あしゆび》を這《は》うようにさせて、ジリジリと間合をつめてきた。全身に気勢が満ち、鋭い殺気をはなっている。その偉丈夫とあいまって、巨岩が迫ってくるような威圧があった。

　源九郎は気を鎮め、剣尖《けんせん》に気魄を込めた。気で攻めることで、吉川の威圧に耐えたのである。

　吉川が一足一刀の間境に迫ってきた。源九郎は全神経を吉川に集中させ、斬撃の起こりを感知しようとした。

緊張が高まり、痺《しび》れるような剣気がふたりをつつんでいる。周囲の音が消え、時の流れがとまり、源九郎は真空のなかにいるような感覚にとらわれた。

ふいに、吉川の寄り身がとまった。

斬撃《ざんげき》の間境の半歩手前である。

スッ、と吉川の刀身が五寸ほど上がった。さらに両肘を上げたのである。吉川の全身から激しい剣気がはなたれた。いまにも、斬り込んできそうな気配がある。

気攻《きぜ》めである。

凄《すさ》まじい気攻めだった。尋常な者なら、身が竦《すく》んでしまうだろう。

だが、源九郎も全身に気魄を込め、剣尖に斬撃の気配をみなぎらせて気で攻めた。

ふたりの動きがとまった。気の攻防である。

数瞬が過ぎた。

フッ、と吉川が刀身を下げた。刹那《せつな》、斬撃の気がはしった。

間髪をいれず、源九郎の体が躍動した。

イヤアッ！

タアッ！
ふたりの気合がほぼ同時に静寂を劈《つんざ》き、二筋の閃光《せんこう》がはしった。
吉川が八相から袈裟《けさ》へ。
源九郎が青眼から刀身を振り上げざま袈裟へ。
袈裟と袈裟。
甲高い金属音がひびき、青火が散って、ふたりの刀身が合致した。
ふたりは身を寄せたまま動きをとめた。鍔迫《つばぜ》り合いである。
だが、鍔迫り合いでふたりが動きをとめたのは、ほんの数瞬だった。
グイ、と吉川が源九郎の刀身を押しざま胴を払った。
瞬間、源九郎は背後に跳び、突き込むような籠手《こて》をみまった。一瞬の反応である。
ザクッ、と源九郎の着物の脇腹が裂けた。だが、切っ先は肌までとどかない。
一方、吉川の右手の甲にかすかに血の色があった。これも、かすり傷である。
ふたりは大きく間合を取って、ふたたび対峙した。
「初手は互角か」
吉川は薄笑いを浮かべて言った。だが、目は笑っていなかった。切っ先のような鋭いひかりが宿っている。

源九郎はふたたび青眼に構えたが、口から荒い息が洩《も》れた。心ノ臓が早鐘のように鳴っている。激しい動きと鍔迫り合いで、老体が喘《あえ》いでいるのだ。

……このままでは、斬られる！

と、源九郎は察知した。

呼吸の乱れは、気の乱れにつながる。敵の動きの読みを誤るだけでなく、体の反応も鈍くするのだ。

体力はあきらかに劣っていた。このままつづければ、源九郎に利はないだろう。それに、左手にいた佐山の構えにも、斬撃の気配がみえていた。源九郎と吉川の斬り合いを見て、闘いにくわわる気になったようだ。

……逃げねば！

と、源九郎は思った。

多くの修羅場をくぐってきた源九郎は、利のない勝負から逃げることも剣の腕のうちだと思っていた。

源九郎は右手に動きながら、通りの先に目をやった。右手の半町ほど先の向かいに、下駄屋がある。その下駄屋の脇に、細い路地があるはずだった。源九郎は、この辺りのことをよく知っていた。六間堀沿いの通りは、はぐれ長屋から華町家へ行き来する道だったからである。

源九郎はすばやく右手に動いた。

吉川も八相に構えたまま動いた。八相は、左右に動く敵に対して攻撃しづらかった。そのため、吉川は源九郎と相対していたかったのである。かまわず、源九郎はすばやい足捌《あしさば》きで右手に動いた。吉川も動く。佐山は慌てた様子で間合を寄せてきた。

「に、逃げるか！」

吉川が苛立《いらだ》ったような声を上げた。

その瞬間、源九郎は足をとめ、斬撃の気配を見せた。

オオッ！

と声を上げ、吉川が八相に構えた刀身を引き、重心を後ろ足に乗せた。斬り込もうとしたのだ。

この瞬間、源九郎は右に大きく跳んだ。そして、吉川との間があくと、刀をひっ提げて駆けだした。

「ま、待て！」

慌てて、吉川が追ってきた。佐山も後ろからつづく。

源九郎のすぐ背後に吉川が迫ってきた。荒い息遣いが聞こえる。

かまわず、源九郎は逃げた。まだ、切っ先がとどくほど間合は迫っていないとみたのだ。

ヤアッ！

走りざま、吉川が刀身を横に払った。だが、とどかなかった。切っ先が背をかすめただけである。

源九郎は、下駄屋の脇の細い路地に飛び込んだ。そこは闇溜まりのようになっていて、暗かった。路地の様子を知らない者は、足元が気になるはずだ。

後を追う吉川の足が急に遅くなった。闇のなかで、戸惑っているようだ。

源九郎は走った。その路地は二十間ほどつづき、別の路地と交差しているはずだった。そこまで走れば、路地沿いに小体な武家屋敷がつづいている。さらに、武家屋敷の間の路地へ逃げ込めるはずだ。

源九郎は懸命に走った。胸がふいごのように喘ぎ、顎が上がり、足がもつれた。それでも、足をとめずに走った。しだいに、吉川の足音がちいさくなってきた。

源九郎は交差している路地を右手に折れ、さらに武家屋敷の間の細い路地へ飛び込んだ。

追ってくる足音が聞こえなくなった。

……に、逃げられた！

源九郎は足をとめ、ハア、ハア、と荒い息を吐いた。心ノ臓が太鼓のように鳴りひびき、腰がふらついた。

「と、歳だ。体が、思うように動かぬ……」

源九郎は、喘ぎ声を上げながら愚痴った。

五

島田は三太郎とふたりで、大川端を歩いていた。探索のおり、島田は三太郎と組むことが多かった。三太郎も、ずぼらで他人の目など気にしないところがあった。ふたりは似たような性格だったので、気が合ったのかもしれない。

「無駄骨だったな」

島田が渋い顔をして言った。

ふたりは、深川黒江町《くろえちょう》へ出かけた帰りだった。源九郎から、吉川と佐山に襲われたことを聞き、佐山を捕らえて話を訊けば、萩江を連れ去ろうとしている牢人たちの正体が知れるのではないかと思ったのだ。

島田たちは篠田屋へ出向き、あるじの繁右衛門や番頭の富蔵にあらためて佐山のことを訊くと、

「佐山は黒江町に住んでいるかもしれませんよ。奉公人が、黒江町で何度か佐山の姿を見かけたらしいんです」

と、繁右衛門が口にしたのだ。

島田と三太郎は篠田屋に出かけた足で黒江町へまわり、賑やかな富ヶ岡八幡宮の門前通りで話を聞いたが、佐山のことを知っている者はいなかった。

「島田の旦那、そうがっかりすることはありませんよ。まだまだ、これからです」

三太郎が、なぐさめるように言った。

「そうだな。……明日も、黒江町で聞き込んでみるか」

「お供しやす」

「ところで、三太郎、砂絵描きに行かなくていいのか」

島田は、三太郎の生業《なりわい》が砂絵描きであることを知っていた。

「懐《あった》は暖けえし、いまは萩江さまをお守りするのが、あっしらの仕事でさァ」

三太郎が照れたような顔をして言った。

「すまんな」

「何を言ってるんです。あっしのような者が、十両もの大金をもらったんですぜ。……砂絵描きなどやってられませんよ」

「それにしても、萩江どのを勾引《かどわ》かそうとしているのは、何者だろうな。牢人たちは雇われただけにちがいない」

島田も、長屋を襲った牢人たちの背後に黒幕がいるとみていた。牢人たちが、萩江を勾引かす理由がないのである。

ふたりは永代橋のたもとを過ぎ、油堀《あぶらぼり》にかかる下ノ橋を渡ろうとしていた。前方に大川のかかる新大橋が迫っていた。

暮れ六ツ（午後六時）を過ぎていた。淡い夕闇が大川の川面をつつんでいる。黒ずんだ川面が、遠く江戸湊《えどみなと》の彼方まで滔々《とうとう》とつづいている。

風があり、川面に無数の白い波が立っていた。日中は客を乗せた猪牙舟《ちょきぶね》や艀《はしけ》などが行き交っているのだが、いまは猪牙舟が白い波の筋を引いて、川面を横切っていくのが見えるだけである。

大川端の通りもひっそりとして、汀《みぎわ》に寄せる波の音だけが聞こえていた。通り沿いの表店《おもてだな》は店仕舞いし、人影もまばらだった。ときおり、居残りで仕事をしたらしい職人や仕事帰りに一杯ひっかけたらしい男などが通りかかるだけである。

下ノ橋を渡り終えたところで、

「旦那、後ろのやつ、あっしらのことを尾けてるような気がしやすが」

三太郎が、島田に身を寄せて言った。青瓢箪《あおびょうたん》のような顔が、不安そうにゆがんでいる。

「気にすることはあるまい」

島田も、半町ほど後ろを手ぬぐいで頬っかむりをした町人体の男が歩いているのを知っていた。気付いたのは永代橋のたもと近くだったが、ずっと同じ間隔を保ったままついてくるのだ。

「まァ、旦那がいれば、怖がることはねえな」

三太郎も、相手は町人のようだし、何かあっても島田がいっしょなので心配ないと思った。三太郎は、島田が剣の遣い手であることを知っていたのだ。

島田と三太郎は、仙台堀にかかる上ノ橋を渡り始めた。橋上で振り返ると、町人体の男は、まだ同じ間隔を保ったままついてくる。

「あいつ、長屋までついてくるかもしれませんよ」

三太郎が首をすくめて言った。

「すこし、足を速めてみるか」

そう言って、島田は小走りになった。三太郎も遅れずについてきた。

小名木川《おなぎがわ》にかかる万年橋のたもとで島田が振り返った。

「おい、ふたりになったぞ」

島田が言った。

どこでいっしょになったのか、町人体の男と手ぬぐいで頰っかむりした大柄な武士が、肩を並べて歩いていた。武士といっても牢人のようだった。小袖に袴姿で、大刀を一本だけ落とし差しにしている。

「あっしらを、襲う気かもしれねえ」

三太郎の声は震えを帯びていた。三太郎は手荒なことは苦手だった。喧嘩や斬り合いに巻き込まれると、身が竦んでしまうのだ。

「あの牢人、佐山かもしれんな」

島田は、大柄な体軀《たいく》からそう思ったのだが、顔が見えないのではっきりしたことは分からない。

「ど、どうしやす」

三太郎が訊いた。長い顔が蒼ざめて、よけい青瓢箪のように見える。

「佐山なら、捕らえよう」

島田は、いっしょにいる町人が立ち向かってきても、何とかなると踏んだ。佐山はそれほどの遣い手ではないのだ。

島田と三太郎は、すこし足を速めた。前方に御舟蔵が見えていた。御舟蔵の脇まで行けば、人目に触れずに佐山を捕らえられるはずである。

島田たちは御舟蔵の近くまで来ると、歩調をゆるめた。後ろからふたりが追いつくのを待つつもりだった。

背後のふたりは、すこし足を速めたようだった。島田たちとの間が急に狭まってきた。

「旦那、前からも来やす！」

三太郎が上ずった声で言った。

深編み笠をかぶった武士だった。偉丈夫である。異様な感じがした。巨軀の上に、夕闇のなかで深編み笠をかぶっている。

……吉川ではあるまいか！

島田はその巨軀に見覚えがあった。それに、源九郎から、佐山と吉川に襲われたと聞いていたのだ。

……ふたりには勝てぬ！

と、島田は察知した。

佐山はともかく、吉川は手練《てだれ》だった。源九郎でさえ、やっと逃げることができたのだ。

後ろから佐山と町人体の男が近付き、前からは吉川が迫ってくる。

「だ、旦那、どうしやす？」

三太郎が声を震わせて訊いた。三太郎も、佐山と吉川が三太郎たちを挟み撃ちにしようとしていることを察知したようだ。

「三太郎、逃げるんだ！」

島田は、逃げるしかないと思った。

「に、逃げられねえ」

背後の佐山たちと前方の吉川は、間近に迫っていた。

「三太郎、そこの八百屋の脇に路地がある。そこから、逃げろ。おれが、きゃつらを食いとめる」

島田が言った。店じまいしていたが、すぐそばに小体な八百屋があった。島田も三太郎もこの辺りは何度も通ったので、町筋のことは明るかったのだ。

「行け！　三太郎、華町どのたちを呼んできてくれ」

ここにいては、ふたりとも斬られると島田は踏んだのだ。

幸い、はぐれ長屋は近かった。細い路地をたどって竪川に突き当たり、一ツ目橋を渡れば、長屋はすぐである。源九郎たちが駆けつけるまで持ちこたえられれば、助かるかもしれない。

「で、でも、旦那……」

三太郎が蒼ざめた顔を恐怖にゆがめた。

「走れ！　三太郎」

島田が叱咤《しった》するように叫んだ。

その声で、三太郎が駆けだした。全速力である。そして、佐山や吉川たちが駆けつける前に八百屋の脇の路地に駆け込んだ。

「駒造《こまぞう》、追え！」

佐山の声で、いっしょにいた町人体の男が駆けだした。

六

島田の前に、吉川と思われる深編み笠の男が足早に近付いてきた。

島田は大戸をしめた表店を背にして立った。右手から吉川と思われる男、左手から佐山が迫ってくる。

「吉川か」

島田が誰何《すいか》した。

「おれの名を知っているのか。いかにも、吉川左之助だ」

言いざま、吉川は深編み笠をとって、路傍に投げた。これ以上、顔を隠していることはないと思ったようだ。

島田は、勝負を長引かせようと思った。それには、できるだけ吉川と切っ先を合わせないようにすることである。

「島田、命はもらったぞ！」

吉川が抜刀した。島田の名を知っているようだ。

島田も抜いたが、吉川に切っ先をむけなかった。まだ、間合が遠かったこともあるが、吉川と立ち合うのを遅らせようとしたのだ。

島田は左手の佐山との間合をみた。佐山はおよそ四間の間合をとって、足をとめていた。切っ先を島田にむけていたが、斬り込んでくる気配はなかった。吉川にまかせるつもりらしい。

つつつッ、と島田は左手に動いた。すばやい寄り身である。

ハッ、としたように佐山は構えなおし、斬り込んでくる気配をみせた。

イヤアッ！

突如、島田が裂帛《れっぱく》の気合を発しざま、佐山にむかって疾走した。構えは八相。そのまま斬り込んでいく気配があった。

佐山が顔をこわばらせて後じさった。構えがくずれている。島田の迫力に圧倒され、腰が引けているのだ。

「逃げるな、佐山！」

吉川が走りざま叫んだ。

その声で、佐山が足をとめた。そして、切っ先を島田にむけた。闘うというより、島田を逃がさぬように立ちふさがったのである。

かまわず、島田は走り寄りながら斬り込んだ。

佐山の真っ向へ。

咄嗟《とっさ》に、佐山は刀身を振り上げて島田の斬撃を受けた。
次の瞬間、佐山が体勢をくずして後ろへよろめいた。島田の強い斬撃に押され
て、腰がくだけたのだ。
が、島田は佐山にむかって二の太刀をふるわなかった。すぐ、背後に吉川が迫
っていたのだ。
島田は、一気に佐山の脇を走りぬけようとした。
そのとき、耳元で刃唸《はうな》りの音を聞いた。次の瞬間、左肩先に焼《や》き鏝《ごて》を当てられ
たような衝撃がはしった。
……斬られた！
と、島田は頭のどこかで感じた。背後から吉川の斬撃をあびたのである。
だが、島田はそのまま佐山の脇を走りぬけた。
左腕は動く。骨を断たれるほどの深手ではないようだ。
島田は走った。それほどの痛みはなかった。ただ、出血は激しく、すぐに左肩
が血に染まってきた。
「逃がさぬ！」
吉川がすぐ背後に迫っていた。

いまにも、斬り込んでくる気配がする。

……このまま逃げられぬ！

と、察知した島田は、表店の前で反転した。

「くるか！」

島田は声を上げ、切っ先を吉川にむけた。

島田の顔が豹変していた。顔がこわばり、両目がつり上がり、口をあけて歯を剝《む》き出しにしている。追いつめられた手負いの野獣のようだった。


そのとき、三太郎は一ッ目橋を渡り、竪川沿いの道をはぐれ長屋にむかって懸命に走っていた。後から、駒造が追ってきた。だが、ふたりの間はせばまらなかった。三太郎が必死に走ったこともあるが、足は遅くなかったのである。

三太郎は長屋につづく路地木戸をくぐると、まず、源九郎の家へ飛び込んだ。

源九郎は座敷でめしを食っていた。めずらしく朝にめしを炊き、残りを茶漬けにしたのだ。

「だ、旦那、島田の旦那が殺《や》られる！」

三太郎が、源九郎の顔を見るなりひき攣《つ》ったような声を上げた。

「なに！」

源九郎は手にした丼を座敷に置くと、すぐに立ち上がった。

「相手は？」

源九郎は部屋の隅に立てかけてあった刀をひっつかんだ。

「よ、吉川と、佐山」

三太郎の顔は蒼ざめ、目がつり上がっていた。ハア、ハア、と荒い息を吐いている。よほど、急いできたとみえ、苦しそうだった。

「場所は？」

源九郎は土間へ飛び下りた。

「お、御舟蔵の裏で……」

「よし！」

源九郎は、刀を手にしたまま土間から飛び出した。

「す、菅井の旦那にも、知らせやす」

三太郎が、走り出した源九郎の背にむかって叫んだ。

源九郎は走った。間に合わないかもしれないと思った。佐山はともかく、吉川は強敵だった。島田でも、吉川には後れを取るだろう。

……何とか、間に合ってくれ！

源九郎は頭のどこかで念じながら懸命に走った。

竪川にかかる一ッ目橋を渡り、いっとき走ると、御舟蔵の脇に黒い人影が見えた。そこは闇が深く、島田がいるかどうか分からなかった。

そのとき、闇のなかで刀身がにぶくひかり、気合がひびいた。斬り合っているようだ。

源九郎は走った。すぐに、人影がはっきりしてきた。三人いる。ふたりは大柄だった。吉川と佐山であろう。表店の軒下近くにいるのが島田らしい。

島田の構えがくずれていた。深手を負っているらしい。

「し、島田！」

源九郎が叫んだ。声がかすれた。息遣いが激しくなり、胸が苦しかった。それでも、源九郎は走るのをやめなかった。

「華町だ！」

佐山が声を上げた。

「なに、華町だと」

吉川が振り返った。

「島田を助けに来たようだ」

「ちょうどいい。華町も始末してくれよう」

島田と対峙していた吉川が後じさって間合を取ると、源九郎に体をむけた。

源九郎は走り寄りながら、島田に目をむけた。島田は苦痛に顔をしかめていた。肩口がどっぷりと血に染まっている。

「わ、わしが、相手だ……」

源九郎は島田の脇に身を寄せると、抜刀して切っ先を吉川にむけた。

だが、まともに構えられなかった。走ってきたせいで息は乱れ、体が顫《ふる》え、腰が据わらない。青眼に構えた切っ先が笑うように震えている。

……こ、これでは勝負にならぬ！

源九郎は慌てて後じさった。間をとって、すこしでも息をととのえようとしたのだ。

「どうした、逃げるのか」

吉川が口元に薄笑いを浮かべて間をつめてきた。

構えは八相。上からおおいかぶさってくるような威圧がある。

源九郎はさらに下がった。吉川は摺《す》り足で迫ってくる。源九郎の踵《かかと》が、表店の大戸の前に近付いた。これ以上は下がれない。

源九郎はひとつ大きく息を吐き、あらためて切っ先を吉川の目線につけた。そのとき、走り寄る足音が聞こえた。

ふたり。三太郎と菅井である。

「待て！　おれが相手だ」

菅井が怒鳴った。

懸命に走ってくる。夜陰のなかに、菅井の顔が浮き上がったように見えた。目がつり上がり、ひらいた口から牙のような歯が覗いている。夜叉のような面貌《おもて》である。

「菅井だぞ！」

佐山が声を上げた。

「華町と菅井が相手か」

吉川の顔に逡巡《しゅんじゅん》するような表情が浮いた。相手が遣い手ふたりでは、利がないと踏んだのであろう。佐山には、華町と菅井のどちらもまかせられない、と吉川はみたようだ。

「華町、勝負はあずけた」

そう言い置き、吉川は踵《きびす》を返した。吉川は小走りに川下の方へむかった。佐山が慌てて吉川の後を追っていく。

源九郎と菅井を相手に、闘う気はないようだ。

源九郎は吉川たちにはかまわず、島田のそばに駆け寄った。

「島田、どうした」

島田は手にした刀を、だらりと垂らしていた。顔がこわばり、苦しげに喘いでいる。

「か、かすり傷ですよ」

島田が照れたような顔をして言った。

そこへ、菅井と三太郎が駆け寄ってきた。

「し、島田、やられたのか」

菅井が荒い息を吐きながら訊いた。顔が紅潮し、口をひらいて牙のような歯を覗かせている。

「ともかく、血をとめねば」

源九郎は、菅井と三太郎に手ぬぐいを持っていないか訊いた。

「ありやすぜ」

三太郎が懐から手ぬぐいを取り出した。

源九郎はすばやく手ぬぐいを折り畳み、島田の傷口に当てて強く押さえた。すこしは出血が押さえられるだろう。

「三太郎、すぐに、東庵《とうあん》先生のところへ走ってくれ。わしと菅井とで、島田を長屋に連れていく」

「へい」

東庵は相生町に住む町医者だった。長屋に住む貧乏人でも診てくれる。

三太郎が、また走りだした。

七

「藤四郎さま！」

萩江は血まみれの島田の姿を見て、息を呑んだ。顔から血の気が引き、体が激しく顫えだした。

「萩江どの、かすり傷でござる」

島田が困惑したような顔をして言った。

「萩江どの、町医者を呼んだのでな。……それほど、心配することはないぞ」

源九郎がおだやかな声で言った。萩江を安心させようとしたのだ。

「ともかく、横になれ」

菅井とふたりで、島田を座敷に横にならせると、あらためて肩の傷を見た。まだ、出血は激しく、傷口に当てた手ぬぐいはどっぷりと血を吸っていた。

「萩江どの、古い浴衣か肌襦袢《はだじゅばん》があるかな」

「は、はい」

萩江が声を震わせて答えた。

「長く切り裂いてくれ。東庵どのが来るまで、すこしでも血をとめよう」

源九郎は傷口に布を当て、強く縛って傷口を押さえたかったのだ。

萩江はすぐに部屋の隅に置いてあった長持をあけた。そのなかに入っているらしい。萩江が長持から取り出した浴衣を切り裂き始めたとき、長屋の女房連中が数人駆け付けた。お熊、おまつ、およなどである。源九郎たちが手傷を負った島田を家に運び込んだのを見たのだろう。

「お熊、長屋をまわって晒《さらし》を集めてくれ」

源九郎は晒があれば、傷口を縛ることができると思った。

「まかせておくれ」

お熊は、すぐにそばにいたおまつとおとよに話し、戸口から飛び出していった。お熊は親分肌のところがあり、長屋の女房連中に信頼されているので、こういうときには頼りになる。

源九郎が浴衣を切って折り畳んだ布を島田の傷口に当て、菅井とふたりで晒を肩口から脇へまわして縛っているところへ、三太郎が東庵を連れてきた。東庵は黒鴨《くろがも》（黒鴨仕立ての下男）を連れていなかった。三太郎が薬箱を持っている。

「斬られたというのは、その御仁《ごじん》かな」

そう言って、東庵は座敷に上がってくると、島田の脇に座した。物言いが丁寧なのは、島田が武士だったからであろう。

「ひとまず、傷口を縛っておきましたが」

源九郎が言った。

「華町どのは、こうした手当てに慣れているようじゃ」

東庵が、肩口に巻かれている晒を見て言った。これまで、東庵は長屋の者が傷を負ったときも来てくれ、源九郎が応急手当てをしたのを見ていたのだ。

「どれ、見せてもらうか」

東庵は晒を解き、傷口に目をやると、

「わしが来んでも、よかったかな」

そう言って、薬箱から金創膏《きんそうこう》を取り出した。

東庵は折り畳んだ晒にたっぷり金創膏を塗ると、傷口に当て、源九郎にも手伝わせて晒を肩から腋《わき》にまわしてさらにきつく縛った。

「これでよし」

東庵は、後は安静にすることだな、と言い置いて腰を上げた。

源九郎が戸口の外まで送って出ると、

「まァ、安静にしておれば、大事あるまい」

東庵はそう耳打ちし、薬箱を持たせた三太郎を連れて長屋を出ていった。

座敷にもどった源九郎は、萩江に布団を敷かせて島田を横にさせると、

「大事ないそうだが、今夜は動かぬ方がいいな」

と、萩江や集まった長屋の者たちにも聞こえるように言った。

座敷や土間にいた者たちから、どっと安堵《あんど》の声が起こった。狭い部屋に長屋の連中が大勢集まっていた。孫六と茂次の顔もあった。話を聞いて駆けつけたのである。

男や女たちが、いっせいにおしゃべりを始めた。島田が死ぬようなことはない、と思って安心したらしい。

……これでは、安静にできんな。

源九郎は苦笑いを浮かべた。

「ひとまず、家にもどってくれ。静かに、寝かせてやりたいのでな」

源九郎が集まっている連中に言った。

「みんな、後は萩江さまにまかせようじゃァないか」

孫六が言うと、

「お嫁さんが、そばについいててくれるんだ。あたしらの出る幕はないよ」

お熊が立ち上がった。

つづいて、女房連中も腰を上げ、ぞろぞろと座敷から出ていった。

後に残ったのは、源九郎と菅井、それに萩江である。

萩江はいくらか平静さを取り戻していたが、顔をこわばらせたまま島田の枕元に座っていた。心配そうに島田を見つめている。

「……吉川左之助は、遣い手だ」

島田が言った。島田の顔は、まだこわばっていた。立ち合いのおりの気の昂《たかぶ》りが残っているのだろう。

「分かっている。わしも、斬られそうになったからな。……ともかく、いまは体を休めることがなにより大事だ」

「そうだとも、早く治して、将棋の相手をしてくれ。華町では、ものたりんからな」

　菅井が真面目な顔をして言った。菅井には、どこまで本気で言っているのか分からないところがある。

「将棋はともかく、傷口がふさがるように安静にしていることだ。傷口がふさがらねば、刀は握れんぞ」

　源九郎が言うと、島田は黙したままちいさくうなずいた。

　それから、源九郎と菅井は小半刻（三十分）ほど座していたが、

「後は、萩江どのに頼もう」

　と言って、源九郎が腰を上げた。

「明日、様子を見にくる」

　すぐに、菅井も立ち上がった。

「おふたりをはじめ、長屋のみなさまのご恩は終生忘れませぬ」

萩江が声を震わせて言い、畳に両手をついて深く低頭した。

「萩江どの、気にすることはないぞ。長屋の連中はお節介なのだ。……長屋の暮らしは、こんなものだよ」

源九郎が、口元をやわらげて言った。

第四章　勾引《かどわかし》

一

大川端は春の陽射しに満ちていた。穏やかな晴天で、川面を渡ってきた風にも、やわらかな温もりがある。

川面は春の陽射しを反射《はね》てキラキラと輝いていた。そのひかりのなかを、客を乗せた猪牙舟《ちょきぶね》や高瀬舟、艀《はしけ》などが行き交っていた。川面の先には、日本橋の家並が折り重なるようにつづいている。

八ツ（午後二時）ごろだった。大川端を、源九郎、菅井、孫六の三人が川下にむかって歩いていた。

島田が、吉川たちに襲われて三日経っていた。島田の命に別条はなさそうだと分かり、源九郎たちは、深川黒江町に行くつもりで長屋を出てきたのだ。佐山の塒《ねぐら》をつきとめて捕らえ、吉川たちの背後にいる黒幕が何者なのかつきとめるためである。

源九郎と菅井がいっしょに来たのは、吉川たちに襲われたとき応戦するためだった。ただ、敵は吉川と佐山だけでなく、長屋に踏み込んできたときはもうひとり牢人がいたので、三人で襲われる可能性もあった。

「芝吉《しばきち》という男の塒は、分かっているのか」

源九郎は歩きながら孫六に訊《き》いた。

孫六によると、闇雲に聞きまわるより、黒江町のことなら芝吉に訊いた方が早いという。なお、芝吉は黒江町では顔を利かせている地まわりだそうだ。

孫六は岡っ引きだったころ、芝吉が博奕をしていたのを見逃してやったことがあり、その後、黒江町界隈《かいわい》を探索するおりに、芝吉から話を聞くことがあった。ただ、孫六が岡っ引きをやめてから、芝吉とは顔を合わせていないという。

「へい、女房に飲み屋をやらせているはずでさァ」

孫六が、菅井にも聞こえるように声を大きくして言った。

源九郎たち三人は、相川町《あいかわちょう》に入ってしばらく歩くと、左手の通りへ折れた。

そこは、富ヶ岡八幡宮の門前通りへつづく道である。

富吉町《とみよしちょう》をいっとき歩くと、掘割にかかる八幡橋が見えてきた。橋を渡った先が黒江町である。橋の前方に、富ヶ岡八幡宮の一ノ鳥居がちいさく見えていた。その鳥居の辺りまでが黒江町だった。

八幡橋を渡ってすぐ、孫六は左手の細い路地に入った。

「芝吉の塒は、この路地にあったはずなんで」

孫六は路地の左右に目をやりながら歩いた。

表長屋や小体《こてい》な店がごてごてつづく裏路地で、縄暖簾《なわのれん》を出した飲み屋や一膳めし屋なども目についた。

「あれだ、あれだ」

孫六が前方を指差した。

十間ほど先に、赤提灯《あかちょうちん》を提げた小体な店があった。提灯に「さけ、樽屋《たるや》」と記してある。

店先に縄暖簾が出ていたが、まだ客はいないらしく店はひっそりとしていた。

孫六が戸口の腰高障子をあけた。店のなかは薄暗く、人影がなかった。土間に飯台がふたつ置いてあり、まわりに腰掛け代わりの空き樽が並んでいた。

ただ、奥にだれかいるらしく、水を使う音がした。酒の肴《さかな》でも仕込んでいるのかもしれない。

「ごめんよ、だれかいねえかい」

孫六が、声をかけた。

源九郎と菅井も土間に入り、孫六の後ろに立っていた。ここは、孫六にまかせようと思ったのである。

すぐに下駄の音がし、痩せた女が姿を見せた。三十がらみであろうか。肌の浅黒い、目のつり上がった女である。

「好きなところに、腰を下ろしてくださいな」

女が言った。源九郎たちを客と思ったらしいが、顔に訝《いぶか》しそうな表情があった。年寄りの町人と、一風変わったふたりの武士の組み合わせが腑に落ちなかったのだろう。

「おしげさんかい」

孫六が訊いた。おしげは、芝吉の女房の名らしい。

「そうだけど。おまえさん、だれだい」

おしげの顔に、警戒するような色が浮いた。客ではないと分かったらしい。

「芝吉を呼んでもらいてえんだがな。番場町の孫六が来たと言ってくんな」

「番場町の親分さん……」

おしげがちいさくうなずいた。孫六のことを思い出したようだ。孫六が、隠居したことは知らないようだ。

おしげはすぐに踵《きびす》を返し、奥へもどった。

いっときすると、ずんぐりした体軀《たいく》の目のギョロリとした男が出てきた。五十代半ばであろうか。鬢《びん》に白髪が交じっている。男は前だれをかけていた。奥で、料理の仕込みでもしていたのかもしれない。

「芝吉、久し振りだな」

孫六が声をかけた。

「番場町の、そちらのおふたりは？」

芝吉が、源九郎と菅井に目をむけて訊いた。警戒しているらしく、探るような目をしている。

「ふたりは、おれと同じ長屋に住んでいてな、世話になってるお方だ」

孫六が言った。

「それで、おれに何か用かい」

芝吉が無愛想な顔で訊いた。

「おめえに頼みがあってな」

孫六は手早く懐から巾着《きんちゃく》を取り出して一朱銀をつまみ出すと、取っといてくれ、と言って、芝吉に握らせた。

「ヘッヘ……。すまねえな」

途端に、芝吉が目尻を下げた。一朱は、芝吉にとって大金だったようだ。

「佐山という徒牢人《いたずらろうにん》を知らねえか。黒江町に塒があるらしいんだ」

「佐山な……」

芝吉が首をひねった。

「実は、わしの世話になっている店が、佐山たち三人組に金を脅し取られたのでな」

源九郎が言い添えた。

「佐山百蔵《ももぞう》か」

芝吉の顔に嫌悪の色が浮いた。佐山のことを嫌っているらしい。

「佐山の塒を知ってるかい」

孫六があらためて訊いた。

「知ってるぜ」

芝吉によると、店の前の路地をさらに二町ほど歩くと掘割に突き当たり、その掘割沿いの道を右手に一町ほど歩いたところに、庄左衛門店《しょうざえもんだな》という長屋があるという。佐山はその長屋に住んでいるそうだ。

「佐山に、連れ合いはいるのかい」

「いや、独り暮らしだ。鼻《はな》っ摘《つま》み者《もん》で、近所付き合いもしてねえらしいぜ」

芝吉が言った。

それから、源九郎たちは、さらに佐山や仲間のことなどを訊いた。その結果、篠田屋に因縁をつけた長身の牢人は、石丸七之助《いしまるしちのすけ》という名であることが分かった。ただ、石丸の塒は、芝吉も知らないという。

「手間を取らせたな」

そう言い置いて、源九郎が腰を上げた。

二

源九郎たち三人は、樽屋を出た足で庄左衛門店へ行ってみた。芝吉に言われたとおりの道筋をたどると、長屋へつづく路地木戸の前へ出た。近くにあった八百屋で話を訊くと、親爺が、庄左衛門店であることを教えてくれた。

「親爺、長屋に佐山百蔵ってえ牢人がいるな」

孫六が念のために訊くと、

「へえ、手のつけられない徒者《いたずらもの》ですよ」

親爺はつっけんどんに言った。芝吉が口にした通り、佐山は近所の者に嫌われているようだ。

源九郎たちは親爺に礼を言って店先から離れた。

「さて、どうするか」

源九郎が頭上に目をやりながら言った。

陽は西の空にまわりかけていた。八ツ半（午後三時）ごろであろうか。長屋に踏み込んで、佐山を捕らえるにはまだ早いだろう。

「腹ごしらえをするか」

菅井が通りに目をやって言った。

「そうだな」

源九郎は腹がすいていたし、喉も渇いていた。朝から何も口にしていなかったのだ。

「そば屋でもあると、いいんだがな」

通りに、それらしい店はなかった。

「八百屋の親爺に訊いてきやすよ」

孫六がそう言い残し、八百屋へむかった。

待つまでもなく、孫六はすぐにもどって来て、

「この先に、一膳めし屋があるそうですぜ。うまい酒を飲ませるそうでさァ」

と、目尻を下げて言った。旨《うま》い酒を飲ませる、と聞いたからであろう。舌嘗《したな》めずりをしている。

長屋の路地木戸の前から一町ほど歩いたところに、一膳めし屋があった。思ったより大きな店だったが、まだ客はすくなかった。

源九郎たちが飯台に腰を下ろすと、小女が注文を訊きにきた。十六、七と思われる頬のふっくらした娘である。

「菜めしに酒を頼む。肴はたくあんと冷奴でいいかな」

源九郎が、板壁に貼ってある品書きを見ながら言った。酒は二本だけ頼んだ。今から酔っているわけにはいかなかったので、喉を潤す程度にしておこうと思ったのだ。

「ところで、この店に佐山という牢人が来るだろう」

源九郎は、佐山が独り暮らしなら、ちかくの一膳めし屋に顔を出すはずだとみたのである。

「よく、みえますよ」

小女によると、佐山は陽が沈むころによく姿を見せるという。

「いつも、ひとりか」

「いえ、何人かで見えられることもありますよ」

佐山ひとりで来ることもあるし、三、四人で来ることもあるという。いずれも、牢人体の男だそうだ。

小女はそれだけ口にすると、そそくさと源九郎たちのそばから離れた。いつまでも、客と話し込んでいるわけにはいかないと思ったようだ。

源九郎たち三人は、半刻（一時間）ほど一膳めし屋にいて腰を上げた。

通りへ出ると、孫六が、

「ちょいと、飲み足りねえなァ」

と、舌で唇を嘗めながら言った。

「がまんしろ。そのうち、亀楽で腰を据えて飲もうじゃァないか」

源九郎が言った。

「ヘッヘ……。腰を据えてね」

孫六が目を細めた。

「おい、それより、これからどうするのだ」

菅井が渋い顔をして訊いた。

「まず、庄左衛門店にもどって、佐山がいるかどうか確かめるか」

「そうしやしょう」

源九郎たち三人は、長屋につづく路地木戸までもどった。

「三人もで、長屋に乗り込んだんじゃァ、目立っていけねえ。あっしが見てきやすよ」

孫六がそう言い残し、源九郎と菅井を残して路地木戸から入っていった。

源九郎と菅井が路傍に立ってしばらく待つと、孫六が小走りにもどってきた。

「いやしたぜ」

孫六によると、井戸端にいた長屋の女房から佐山の家を訊き出し、腰高障子の前まで行って、佐山がいるのを確かめてきたという。

「やろう、茶を飲んでやした」

孫六が障子の破れ目からなかを覗いてみると、佐山らしい男が座敷に胡座《あぐら》をかいて湯飲みで茶を飲んでいたという。

「いたか」

「華町、どうする」

菅井が訊いた。

「佐山を押さえて、話を訊き出そう」

「長屋に踏み込むのか」

「いや、やつが出てくるのを待とう。なに、陽が沈むころには出てくるはずだ。めしを食いに、一膳めし屋にな」

はたして、佐山が一膳めし屋に行くかどうか分からなかったが、明日まで長屋に居つづけるとは思えなかった。

「待つか」

菅井が西の空に目をやって言った。

陽は西の家並の上にまわっていた。まだ、陽射しは強かったが、一刻（二時間）もすれば、陽は沈むだろう。

源九郎たちは、路地木戸から半町ほど先の笹藪《ささやぶ》の陰に身を隠した。そこは、掘割沿いにあった空き地で、丈の高い雑草や笹藪におおわれていた。源九郎たちは笹の葉を切り取り、地面に敷いて腰を下ろした。長丁場になると踏んだのである。

しばらくすると、菅井が、

「華町、将棋を持ってくればよかったな」

と、うらめしそうな顔をして言った。暇を持て余しているらしい。

「そうだな」

源九郎が応えると、

「ねえ、旦那、あっしが一《ひと》っ走《ぱし》りして、酒屋で酒を買ってきやしょうか」

孫六が言った。貧乏徳利に酒を入れてきて、飲みながら待とうというのである。

「酒を買ってくる暇はないだろう。そろそろ出て来るころだ」

すでに、陽は家並の向こうに沈みかけていた。

三

「来やしたぜ」

孫六が声を殺して言った。

見ると、長屋につづく路地木戸から大柄な牢人がひとり出てきた。佐山である。佐山は懐手をして、源九郎たちがひそんでいる方へ歩いてくる。一膳めし屋へ行くのかもしれない。

「手筈どおりにやる」

源九郎が小声で言うと、菅井と孫六がうなずいた。

佐山が近付いてきた。幸い、掘割沿いの道に他の人影はなかった。

「先に、行くぞ」

菅井が腰を上げた。

菅井と孫六は足音をたてないように笹藪の陰をつたって、佐山の背後にまわり込むことになっていた。

源九郎は菅井と孫六が離れると、笹藪の陰から出て佐山の行く手に立ちふさがった。

佐山がギョッとしたように足をとめた。

「は、華町……」

目を剝《む》き、凍りついたようにつっ立った。

「佐山、待っていたぞ」

源九郎はゆっくりとした動作で刀を抜くと、間合をつめ始めた。佐山との間合は、七、八間あった。

このとき、佐山の背後に菅井の姿が見えた。佐山は気付いていない。

「お、おのれ！」

佐山は刀の柄に手をかけたが、抜かなかった。逡巡《しゅんじゅん》している。

突如、佐山が反転して駆けだした。だが、すぐにその足がとまった。目の前に菅井が立っていたのである。

しかも、菅井は右手を柄に添え、すこし前屈みの格好で居合の抜刀体勢をとっていた。

いきなり、菅井が疾走した。

佐山の顔が恐怖でひき攣《つ》った。慌てて柄を握りしめて抜刀した。

一気に、菅井が佐山に迫る。獲物を襲う狼のようだ。

急迫する菅井を見て、佐山が刀を振りかぶった。

刹那《せつな》、菅井の体が沈み、右手に跳んだ。同時に刀身の鞘走る音がし、閃光《せんこう》が横一文字にはしった。

ドスッ、というにぶい音がし、刀を振り上げた佐山の上体が折れたように前にかしいだ。

菅井の抜きうちざまの一刀が、佐山の腹に入ったのである。

佐山は左手で腹を押さえてうずくまった。顔が苦悶《くもん》にゆがみ、腹を押さえた左手が血で赤く染まっている。

「命にかかわるような傷ではない」

菅井が、切っ先を佐山の首筋に突き付けた。

どうやら、佐山の腹を浅く斬ったようだ。これから、佐山から話を聞かねばならなかったからである。

そこへ、孫六と源九郎が近寄ってきた。孫六の手には、手ぬぐいと細引が握られている。

「孫六、猿轡《さるぐつわ》をかませろ」

源九郎が言った。

「へい」

孫六は手早く佐山に猿轡をかませ、両腕を後ろに取って早縄をかけた。長く岡っ引きをしていただけあって、手慣れたものである。

源九郎たち三人は、佐山を笹藪の陰に連れていった。

「佐山、ここでわしらに殺されても文句はないな」

源九郎が佐山の前に立ち、低い声で言った。

源九郎の顔はけわしく、双眸《そうぼう》には射るようなひかりがあった。いつもの茫洋《ぼうよう》とした顔ではなく、剣客らしい凄《すご》みがある。

佐山は恐怖に目を剝き、猿轡をかまされた顔を横に振った。低い唸《うな》り声が、猿轡の間から洩《も》れた。

「おぬしがつつみ隠さず話せば、助けてやってもいい」

源九郎がそう言うと、佐山が二度、三度と首を縦に振った。話すということらしい。

「孫六、猿轡を取ってやれ」

「へい」

すぐに、孫六が猿轡をはずした。佐山の両手は後ろに縛られたままである。

「では、訊く。わしと島田を襲った吉川左之助は、何者だ」

源九郎は、佐山を見すえて訊いた。

「牢人だ……」

佐山が話したことによると、吉川は浅草福井町《ふくいちょう》の賭場で用心棒をしていたということ。佐山は石丸と賭場に出かけて吉川と知り合い、金をもらって手を貸したそうだ。

「もうひとり、小柄な男がいるだろう。そやつの名は？」

吉川が長屋に押し入ってきたとき、他にふたりいた。ひとりは村田で、もうひとりは小柄な男だった。

「黒崎源三郎《くろさきげんざぶろう》。……やはり、牢人だ」

「黒崎は、いまどこにいる」

「ね、塒までは知らん。黒崎とも、賭場で知り合ったのだ」

佐山が顔をしかめて言った。腹が痛いらしい。見ると、裂けた小袖が蘇芳色《すおういろ》に染まっていた。かなり出血しているようだ。

「吉川たちは、なぜ、萩江どのを狙う。賭場の用心棒が、旗本の娘とかかわりはないと思うがな」

源九郎が訊いた。

おそらく、何者かが賭場に出入りする牢人たちに、萩江を勾引《かどわ》かすように頼んだのであろう。

「か、金らしい。……おれは、くわしいことは知らんが、吉川は大金を貰って萩江という娘を攫《さら》うよう頼まれたようだ」

「頼んだのは、だれだ」

依頼者が黒幕にちがいない、と源九郎は思った。

「名は知らぬが、若侍とのことだ」

「若侍だと……」

そのとき、源九郎の脳裏に誠之助のことがよぎった。秋月家の継嗣にかかわっている若い武士となると、誠之助ぐらいしかいないのだ。それに、誠之助が萩江を勾引かす理由はあった。萩江が屋敷にもどらなければ、誠之助が秋月家を継げるのである。

それに、賭場のある福井町と誠之助の住む佐久間町はそれほど遠くなかった。誠之助が吉川たちとつながっていたとしても不思議はない。

……黒幕は、誠之助か！

源九郎は胸の内でつぶやいた。

だが、腑に落ちないこともあった。金である。吉川たちを使うには、大金が必要であろう。誠之助が、それだけの大金を用意できたとは思えなかった。

……まだ、何か裏がありそうだ。

と、源九郎は思った。

源九郎が黙考していると、

「福井町の賭場ってえと、貸元は源蔵《げんぞう》かい」

と、孫六が訊いた。岡っ引きだったので、賭場のことはくわしいようだ。

「そ、そうだ」

「吉川の塒はどこでえ」

孫六が声を強くして訊いた。

「し、知らぬ。おれは、吉川の塒に行ったことはない」

佐山が苦痛に顔をしかめて言った。

それからいっとき、源九郎たちは吉川や依頼した若侍のことなどを訊いたが、新たなことは出てこなかった。それ以上は、佐山も知らないらしい。

「この男、どうするな」

源九郎が菅井と孫六に顔をむけて訊くと、

「斬ろう」

菅井が素っ気なく言った。

「た、助けてくれ……」

佐山がひき攣ったような声を上げた。顔が土気色をし、体が小刻みに顫《ふる》えだした。本当に斬られると思ったらしい。

「まァ、命だけは助けてやるか」

源九郎が、行け、と声をかけた。

すると、佐山は後ろ手に縛られたまま立ち上がり、ふらふらと笹藪の陰から掘割沿いの通りへ出た。体が揺れ、いまにも掘割に落ちそうだ。

「おい、やつは、おれたちのことを吉川たちに話すかもしれんぞ」

菅井が渋い顔をして言った。

「おれたちに斬られたことはしゃべっても、口を割ったことは話すまい。下手にしゃべれば、佐山が吉川に始末されるからな」

「うむ……」

「それに、あの男、長くはもたん」

源九郎は、佐山の命は明日までもたないのではないかと思った。

「深く斬り過ぎたか。どうも、おれは手加減ができん」

菅井が渋い顔をして言った。

四

「どうだな、傷のぐあいは？」

源九郎が島田に訊いた。

島田は身を起こし、座敷に胡座をかいていた。

萩江は島田の後ろにつつましく座っている。長屋の娘のように粗末な衣装に身をつつんでいたが、新妻らしい匂うような色香があった。

島田が吉川たちに襲われて四日経っていた。島田の出血はとまったらしく、肩口に巻いた晒《さらし》に新しい血の色はなかった。顔色もだいぶいい。ただ、月代《さかやき》や無精髭が伸びて、ひどい顔をしている。

「だいぶ、よくなった。そろそろ、刀を振ってみようかと思っているのだ」

島田が皓《しろ》い歯を覗かせて言った。無精でだらしがないが、屈託のない若者である。

「まだ、早いな。無理をすると、傷口がひらくぞ」

源九郎が呆《あき》れたような顔をして言った。

「……このひと、部屋に凝《じっ》としていないのです」

萩江が困ったような顔をして言った。

「まだ、動きまわるのは早いな。……ところで、萩江どの」

源九郎は萩江に顔をむけた。

「はい」

「兄にあたる誠之助どのと、母親のおふねどののことだがな。……ふたりは秋月家からの合力で暮らしているのではないのか」

源九郎は、誠之助とおふねに、吉川たちに大金を渡すことが可能かどうか訊き出したかったのだ。

「そうです」

「わしらには想像できんが、おふたりは、千石の旗本の妻子にふさわしい暮らしをされていたのであろうな」

源九郎はまわりくどい訊き方をした。萩江に、具体的な援助額まで訊けなかったのだ。

「くわしいことは存じませんが、父がもうしていたことによると、おふたりは食べていけるだけでいいとおっしゃられて、奉公人も遠慮され、わずかな援助しか受け取らないそうです」

萩江が小声で言った。

「うむ……」

それが事実なら、誠之助とおふねが大金を都合して、吉川たちに萩江の勾引かしを依頼したとは思えない。

「つかぬことを訊くが、誠之助どのが昵懇《じっこん》にしている牢人はいるかな」

源九郎が訊いた。

「いえ、牢人の話は聞いたことがありません」

萩江がはっきりと言った。

「いや、つまらぬことを訊いた」

そう言って、源九郎は腰を上げた。

自分の家へもどると、孫六が待っていた。今日は、ふたりで誠之助の暮らしぶりを見るために、佐久間町へ行くことになっていたのだ。源九郎は、佐久間町へ行く前に、直接萩江から話を訊いてみようと思い、島田の家へ立ち寄ったのである。

「旦那、行きやすか」

孫六が言った。

源九郎と孫六ははぐれ長屋を出ると、竪川沿いの道を通って大川にかかる両国橋を渡った。そして、賑やかな両国広小路を抜けて、柳原通りをしばらく歩いてから和泉橋を渡った。渡った先が佐久間町である。

橋のたもとから二町ほど歩いたところで、孫六が足をとめ、

「あれが、誠之助の家でさァ」

そう言って、板塀をめぐらせた仕舞屋《しもたや》を指差した。

「うむ……」

小体で粗末な家だった。萩江が言っていたとおり、母子でつつましく暮らしているようである。

「旦那、板塀の間からなかを覗いてみやすか」

孫六が小声で言った。

「いや、いい」

家を見ただけで、誠之助とおふねの暮らしぶりは分かった。

「長屋に帰《けえ》りやすか」

孫六が訊いた。

「いや、せっかくここまで来たのだ。吉川たちのことを探ってみよう。源蔵の賭

場のことで、話の訊ける者はいないかな」

源九郎は、賭場にくわしい者なら、吉川や石丸たちの塒も知っているのではないかと思ったのである。

「それなら、栄造《えいぞう》に訊きゃァ早《はえ》え」

「福井町も、栄造の縄張りか」

栄造は浅草諏訪町《すわちょう》に住んでいる岡っ引きである。これまで、源九郎たちは町方にかかわるような事件のおりに、栄造の手を借りることが多かった。むろん、栄造の手柄になるように配慮することも忘れなかった。

「旦那、勝栄《かつえい》で一杯《いっぺえ》やりやすか」

とたんに、孫六の目尻が下がった。

栄造はお勝《かつ》という女房に、勝栄というそば屋をやらせていたのだ。事件の探索にかかわっていないときは、栄造もそば屋を手伝っているはずである。

「いいな」

「行きやしょう」

勝栄に暖簾は出ていたが、客の姿はなかった。

栄造は板場にいたらしく、外した片襷《かただすき》を手にしたまま源九郎たちのそばに来

ると、

「ふたりそろって、そばを食いに来たわけじゃァねえでしょう」

と、訊いた。腕利きの岡っ引きらしい、鋭い目をしている。

「ちょいと、訊きてえことがあってな。その前に、一杯《いっぺえ》やりてえんだ。……そばも頼むかな」

孫六が目を細めて言った。

いっときして、お勝と栄造が酒とそばを運んできた。

栄造は源九郎と孫六が喉を潤すのを見てから、

「それで、何が訊きてえ」

と、あらためて訊いた。

「おめえ、福井町の賭場を知っているな」

孫六が切り出した。

源九郎は黙っていた。とりあえず、孫六にまかせようと思ったのである。

「ああ」

「そこに出入りしてた吉川左之助ってえ、徒牢人がいただろう」

「知ってるぜ。腕の立つ男で、界隈の遊び人や地まわりも怖がっているからな。

でもよ、とっつァんが、どうして吉川のことなんか訊くんでえ」

栄造が腑に落ちないような顔をした。

するとと、源九郎が、

「長屋に住む島田が、吉川に襲われて手傷を負ってな。それで、どんな男かと思って、訊いてみたのだ」

と、口をはさんだ。秋月家にかかわる継嗣のことは口にしなかった。町方とはかかわりがないと思ったからである。

「そうでしたかい」

「吉川の塒を知っているか」

源九郎が孫六に代わって訊いた。

「塒までは分かりやせんが、元鳥越町《もととりごえちょう》に住んでいると訊いた覚えがありやす」

浅草元鳥越町は、賭場のある福井町と遠くなかった。

つづいて、源九郎は黒崎と石丸のことも訊いたが、栄造は首をひねった。ふたりのことは知らないようである。

話がとぎれたとき、今度は孫六が、

「ところで、栄造、誠之助ってえ若侍を知ってるかい」

と、声をあらためて訊いた。

「いや。その若侍は、源蔵の賭場とかかわりがあるのかい？」

「何とも言えねえなァ」

源九郎が孫六につづいて、

「吉川だが、若侍と歩いているのを見たことがあるか」

と、訊いた。諏訪町は元鳥越町と遠くなかったので、町筋を歩いている吉川の姿は見かけたことがあるだろうと思ったのだ。

「ありやすよ。……ただ、若侍といっても二十四、五に見えやしたが」

栄造が言った。

「それで、若侍はどんな男だった」

源九郎が身を乗り出すようにして訊いた。

「どんな男と訊かれても……。御家人か小身の旗本のように見えやしたが……」

栄造は首をひねった。はっきり記憶していないらしい。

「そいつは、どんな顔をしてた？」

孫六が訊いた。

「……面長だったな」

栄造がぽつりと言った。

「誠之助だ！」

孫六が声を上げた。

「うむ……」

源九郎は、誠之助と決め付けるわけにはいかないと思った。面長な男はいくらもいるし、誠之助なら、二十四、五には見えないのではあるまいか。

五

長屋の路地木戸から、ふたりの男が入ってきた。ふたりとも、黒の筒袖に黒股引の黒鴨《くろがも》仕立てだった。ひとりは、薬箱のような木箱を提げている。

ふたりの男は、井戸端で洗濯をしているお熊とお妙《たえ》に目をとめると、

「ちょいと、お尋ねしやすが」

と、声をかけた。

「何だい、薬でもとどけに来たのかい」

お熊が立ち上がって訊いた。

お妙も、両手を盥《たらい》につっ込んだままふたりの男を見上げている。

井戸端近くで、おたまとおせつという女児《おんなのこ》が、地面に棒切れで絵を描いて遊んでいた。ふたりの児も手をとめて、物珍しそうに黒鴨仕立ての男たちを見つめている。

「へい、萩江さまを呼んでいただきてえんで」

瘦身の男が、小声で言った。

「家を教えてやるから、行ってみたらどうだい」

お熊が不審そうな顔をした。薬をとどけるなら、患者の家に行けばいいのである。

「それが、家ではまずいんでさァ。……先生に、萩江さまに薬を直にお渡ししてこいと言われてやしてね。怪我をした島田さまには、話を聞かれねえようにしろ、と釘を刺されていやすんで」

瘦身の男が困惑したような顔で言った。

「先生って、東庵先生かい」

「そうでさァ」

「いいよ、わたしが呼んできてやるよ」

お熊は、気軽に言って小走りに島田の家の方へむかった。

いっときすると、お熊が萩江を連れてもどってきた。萩江は黒鴨仕立てのふたりの男を見ると、怪訝《けげん》な顔をした。それというのも、島田の傷はだいぶ癒えたので、もう薬の必要はないとみていたからである。

萩江が近付くと、痩身の男が、

「萩江さま、薬を持参しやした」

と言って、薬箱を地面に置いて屈み込んだ。

そして、蓋をあけて手をつっ込み、

「この薬ですがね、島田の旦那に煎じて飲ませるようにとのことでさァ」

と言って、紙包みを取り出した。

「何という薬なの」

萩江が薬箱の方へ近付いたときだった。

もうひとりの小柄な男が、いきなり懐から匕首《あいくち》を取り出し、

「動くんじゃァねえ」

と、萩江の喉元に突き付けて言った。

萩江が凍りついたようにその場につっ立った。恐怖に目をつり上げ、声も失っている。

キャッ！　と声を上げたのは、お妙だった。悲鳴を上げながら、その場から這《は》うように逃れた。そばにいた女児ふたりは、声をそろえて泣きだした。お熊は目を剝《む》いて、腰を抜かしている。

そのとき、牢人体の男が三人、路地木戸から駆け込んできた。吉川、黒崎、石丸である。

「早く、娘をつれていけ！」

吉川が怒鳴った。

黒鴨仕立ての男が萩江を後ろから抱え、もうひとりが両足をつかんで持ち上げた。吉川たち三人が、萩江を取り込むようにして路地木戸へ走った。

「大変だ！　萩江さまが攫《さら》われた！」

お熊が大声で叫びながら、島田の家の方へ走った。

お妙も悲鳴のような声を上げてお熊の後を追い、女児ふたりが、お姫さまが攫われた！　と泣き声で言いながら、パタパタと走りだした。

お熊たちの叫び声を聞いて、戸口から女房、子供、年寄り、居職《いじょく》の男などが次々に飛び出してきた。

このとき、島田は上がり框《がまち》の近くで、刀を手にしていた。左肩の痛みがだいぶやわらいだので、そっと振ってみたのである。

その島田の耳に、萩江さまが攫われた！　というお熊の叫び声が飛び込んできた。

島田は土間へ飛び下り、腰高障子をあけた。

見ると、でっぷり太ったお熊が大きな体を揺らして必死に走ってくる。目がつり上がり、口をあけて、白い歯をのぞかせていた。

「どうした、お熊！」

島田は、抜き身をひっ提げたままお熊のそばに走り寄った。

「し、島田の旦那、萩江さまが攫われた！」

お熊は叫ぶと、腰から沈むようにその場にへたり込んだ。蒼ざめた顔で、巨体を顫わせている。

「なに！」

島田は走りだした。

さきほど、萩江はお熊が迎えに来て家を出たばかりである。まだ、遠くまで行ってないだろう。

島田の後に、戸口に出てきた男たちが何人かつづいた。女房や子供たちも、甲走った声を上げながら後についてきた。

島田は路地木戸から走り出た。

通りに、萩江の姿も連れ去ったと思われる者たちの姿はなかった。いつもと同じように、ぼてふり、町娘、風呂敷包みを背負った行商人らしい男などが行き交っている。

島田は路地木戸の脇の下駄屋へ飛び込んだ。

棚の駒下駄を並べ替えていた親爺に、

「長屋の娘が攫われたのだ。見かけなかったか」

と、大声で訊いた。妻とは言えなかったので、娘と口にしたのである。

「そう言えば、何人かの男たちが娘さんを駕籠《かご》に乗せて……」

親爺は、竪川の方を指差した。

萩江を拉致《らち》した者たちは、駕籠に乗せて竪川方面へ連れ去ったらしい。

島田は通りを走った。長屋の連中も後ろから追いかけてきた。慌てふためいて走っていく島田や長屋の者たちを、通行人や表店《おもてだな》の親爺、奉公人たちが驚いたような顔をして見ている。

島田は竪川沿いの通りまで来ると、左右に目をやった。それらしい駕籠は見当たらなかった。近くの店に飛び込んで訊くと、何人かの男たちが駕籠を取りかこむようにして、竪川にかかる一ッ目橋を渡ったことが分かった。萩江を攫った男たちは、深川方面へむかったらしい。

島田は長屋の者たちにも頼んで、一ッ目橋から先の大川端沿いの道をたどって探したが、萩江の行方は分からなかった。

……萩江どの、すまぬ！

島田は胸の内で叫んだ。目の前で萩江を攫われたことの無念さと不安が衝《つ》き上げてきたのである。

六

源九郎の部屋に、五人の男が集まっていた。源九郎、菅井、島田、それに秋月家の用人の馬場と若党の森本である。

五人の顔には、憂慮の翳《かげ》が張り付いていた。なかでも、島田の顔がひどかった。髭と月代が伸び、髷《まげ》や鬢がくずれてぼさぼさである。おまけに、憔悴《しょうすい》して目が隈《くまど》取っていた。端整な顔立ちが、幽鬼を思わせるような顔に豹変している。

萩江が勾引かされて、五日経っていた。この日、馬場と森本が、はぐれ長屋を訪ねてきた。ふたりによると、秋月家でも萩江が牢人たちに勾引かされたことを知ったという。

「それがしがそばにいながら、こんなことになってしまい、誠にもうしわけござらぬ」

島田は畳に手をついて頭を下げた。

「おい、手を上げろ。島田のせいではないぞ。おれたちが、迂闊《うかつ》だったのだ」

菅井がけわしい顔をして言った。

「ともかく、これからどうするかが大事だ。……萩江どのは、殺されたわけではない。どこかに監禁されているはずだ」

源九郎が言った。

四人の男たちはうなずいたが、次に口をひらく者がなく、座は重苦しい沈黙につつまれた。

源九郎は沈黙を破るように、ひとつ咳払いをし、

「それで、秋月家に身の代金の要求でもあったのかな」

と、訊いた。

源九郎は、萩江を連れ去った牢人たちから、秋月家に何か話があったのではないかと思ったのだ。

「いや、ない。萩江さまが勾引かされたのを知ったのは、寺島さまが屋敷においでになって話したからだ」

馬場によると、昨日、弟の寺島昌次郎が秋月家に来て、萩江さまが身を隠していた長屋から何者かに攫われたという噂を耳にしたことを口にしたという。

「寺島さまは、萩江さまが屋敷を出たときから懸念されていて、奉公人たちを使って萩江さまの行方を探っていたらしいのだ」

「うむ……」

源九郎は、寺島にすれば当然かもしれないと思った。寺島の狙いは、己の長男を秋月家の入り婿として、萩江といっしょにさせることであった。肝心の萩江がいなくなってしまっては、入り婿の話は頓挫《とんざ》してしまうのだ。

そのとき、黙って話を聞いていた森本が、

「寺島さまに仕えている者から聞いた話だが」

と前置きし、

「寺島さまは、萩江さまを連れ去った牢人たちを裏であやつっているのは誠之助さまではないか、とおっしゃられているようなのだ」

と、声をひそめて言った。

「そのことは、それがしも殿から聞いている。寺島さまは、誠之助さまが秋月家を継ぐために、萩江さまを勾引かしたのではないかと言われたそうだ」

馬場が言い添えた。

「それで、秋月さまは寺島さまの話を信じられたのか」

島田が身を乗り出すようにして訊いた。

「信じられたようだ。それというのも、寺島さまが、奉公人の探ったこととして、誠之助さまが、しばしば徒牢人たちと歩いているのを見た者がいる、と話されたからだ」

「うむ……」

それらしい話は、源九郎も栄造から聞いていた。ただ、面長の若侍というだけで、誠之助かどうかはっきりしない。

「秋月さまは、誠之助さまの世継ぎについて、どうおおせられているのだ」

島田が馬場を見つめて訊いた。島田にすれば、萩江がどうなるか心配なのであろう。

「殿はたいそう立腹され、己が家を継ぐために妹を勾引かすような者に、秋月家はまかせられぬ、とおおせられた」

「それでは、秋月家を継ぐ者がいなくなるではないか」

源九郎にも、秋月の気持ちは分からないではなかった。だが、萩江が勾引かされ、残された誠之助も駄目だとなると、秋月家を継ぐ者がいなくなるのだ。

「それで、殿は何としても、萩江さまを連れもどせとおおせられ、それがしたちをここに……」

馬場が、困惑したような顔をして島田を見た。

馬場も島田と萩江の関係を知っていた。萩江が秋月家にもどることになれば、島田と萩江は別れなければならなくなる。

「……」

島田は苦渋の顔をして視線を膝先に落とした。

また、一同を重苦しい沈黙が支配した。

「いずれにしろ、萩江どのを助け出し、吉川たちをあやつっている黒幕をつきとめねばなるまい」

源九郎が重い声で言った。

「いかさま」

馬場がうなずくと、他の男たちもうなずいた。

それから小半刻（三十分）ほどし、

「何とか、萩江さまを助け出してくれ」

馬場が、念を押すように言って腰を上げた。


馬場と森本が源九郎の家から出ていくおり、

「森本どのは剣が達者のようだが、何流を遣われるな」

源九郎が、森本に身を寄せて訊いた。

「心形刀流《しんぎょうとうりゅう》を少々」

森本が小声で答えた。

「松永町《まつながちょう》の道場でござるかな」

神田松永町に、伊庭軍兵衛《いばぐんべえ》の心形刀流の道場があった。千葉周作《ちばしゅうさく》の玄武館《げんぶかん》、斎藤弥九郎《さいとうやくろう》の練兵館《れんぺいかん》、桃井春蔵の士学館と並び、江戸の四大道場と謳《うた》われている大道場である。

「いかさま」

「吉川左之助の噂を聞いたことは？」

源九郎は、伊庭道場の門弟だった森本なら吉川の噂を聞いているのではないかと思ったのだ。

「それが、聞いた覚えがないのだ」

森本は小首をかしげた。

「そうか。……ところで、そこもとの他にも、秋月家と寺島家に仕える者のなかに剣の達者がいるかな」

源九郎が何気なく訊いた。

「それがしは未熟だが、遣い手はおります。寺島家の若党の小暮裕之助《こぐれゆうのすけ》どの。一刀流の遣い手と聞いています」

すぐに、森本が答えた。

「寺島家の若党がな」

「それに、寺島さまも同じ道場に通われていたそうで、かなり遣われると聞いた覚えがありますが」

「寺島どのも……」

「いまは、道場には通っていませんが」

「どこの道場でござるかな」

江戸市中には北辰一刀流をはじめ、中西派一刀流、小野派一刀流などの道場があり、一刀流は江戸で隆盛をみていた。

「本郷の根岸《ねぎし》道場と聞いているが」

「根岸道場でござるか」

道場主は根岸弥三郎《やさぶろう》。中西道場の高弟だった男である。根岸は独立して、本郷に町道場をひらいたのだ。

「では、いずれ」

そう言い残し、森本は馬場につづいて戸口から離れていった。

源九郎は戸口に立って、馬場と森本の背を見送りながら、

……根岸道場を探ってみるか。

と、胸の内でつぶやいた。

七

馬場と森本の姿が遠ざかると、

「華町どの、誠之助どのに会ってみたいのだが」

島田が言いだした。

「誠之助どのが吉川たちに指示して萩江どのを攫ったのか、本人に訊けばはっきりするはずです」

島田がけわしい顔をして言った。

「たしかに……」

だが、誠之助に直接会うのは危ない賭けのような気がした。誠之助が萩江を勾引かしたのなら、それらしいことを口にするはずはなかった。それに、誠之助を強く追及すれば、萩江を手にかけるかもしれない。

「萩江どのから聞いたのだが、誠之助どのは母親はちがうが、妹思いの誠実な男だそうです。おれには、誠之助どのが萩江どのを勾引かしたとは思えないのだ」

島田が語気を強くして言った。

「分かった。明日、佐久間町へ行ってみよう」

源九郎も、誠之助が秋月家を継ぐために妹を攫うような男には思えなかった。もっとも、粗末な住居《すまい》を見てそう思っただけで、会って話せばちがった印象を持つかもしれない。

すでに、陽が家並の向こうに沈みかけていた。いまから、佐久間町へ行くわけにはいかなかった。

「おれは、孫六たちと元鳥越町を洗ってみるか」

菅井が独り言のように言った。菅井は、源九郎から吉川の塒は元鳥越町にあるらしいと聞いていたのだ。


翌朝、源九郎と島田は、陽が高くなってからはぐれ長屋を出た。佐久間町に住む誠之助に会うためである。

竪川沿いの道に出ると、

「どうだ、肩のぐあいは？」

と、源九郎が訊いた。

「だいぶ、よくなりました。このとおり……」

島田が歩きながら左肩をまわして見せた。すこし力を抜いてまわしていたが、痛みはないようだった。

「無理をするな」

そう言っただけで、源九郎はそれ以上傷のことを口にしなかった。

「萩江どのに聞いたのだが、誠之助どのも剣術道場に通っているそうだ」

島田が言った。

「根岸道場か」

「いや、北辰一刀流と聞いたが」

「お玉ケ池か」

神田岩本町《いわもとちょう》のお玉ケ池に、千葉周作の玄武館があった。

「玄武館らしいが、通うようになって三年ほどだそうだ」

「うむ……」

根岸道場とかかわりはなさそうだった。岩本町は誠之助の住む佐久間町から神田川にかかる和泉橋を渡ればすぐなので、玄武館に通いやすいのだろう。

そんな話をしているうちに、ふたりは和泉橋を渡って佐久間町へ出た。

橋のたもとからいっとき歩くと、源九郎が足をとめ、

「この家だよ」

と言って、板塀でかこわれている仕舞屋《しもたや》を指差した。

「これが……」

島田は驚いたような顔をした。思っていたより、粗末な家だったからであろう。

「ともかく、誠之助に会ってみよう」

源九郎と島田は、通りからすこしひっ込んだところにある戸口にまわった。引き戸はしまっていた。

「どなたかおられぬか」

引き戸をあけて、源九郎が声をかけた。

土間の先が狭い板敷の間になっていて、その先に障子がたててあった。座敷になっているらしい。

すぐに正面の座敷がひらき、女がひとり姿を見せた。四十がらみであろうか。瘦身で、粗末な衣装に身をつつんでいた。面長で頰がこけ、やつれたような感じがする。

「どなたさまでしょうか」

女は源九郎と島田を見て、訝しそうな顔をした。

「華町源九郎ともうす者でござる」

源九郎がそう言うと、

「島田藤四郎です」

と、島田が言った。

「それで、ご用は？」

女は怯《おび》えたような目をして訊いた。物言いは、町人ふうである。

「おふねさんかな」

源九郎が穏やかな声で訊いた。

「は、はい……」

「われらは、秋月家のご息女、萩江どのの所縁《ゆかり》の者でな。誠之助どのにお伝えしたいことがあって、まかりこしたのだが、誠之助どのはおられるかな」

「はい、すぐ、呼んできます」

おふねが、慌てて立ち上がった。

おふねの姿が障子の向こうに消えるとすぐ、若侍が姿を見せた。後ろから、おふねも緊張した面持ちで跟《つ》いてきた。

「誠之助にございます」

若侍が、板敷の間の框近くに膝をついて名乗った。

面長で切れ長の目、ひきしまった顔をしていた。衣装は粗末である。小袖の肩口には継ぎ当てがあり、羊羹色《ようかんいろ》の袴も着古したものである。ただ、物怖じした様子はなく、視線はまっすぐ源九郎と島田にむけられていた。

「島田藤四郎だが、萩江どのから聞いたことはござらぬか」

島田が言うと、誠之助が驚いたような顔をし、

「そこもとが、島田どの……」

と言って、島田を見つめた。

「お初にお目にかかる。よしなに」

島田が頭を下げると、

「こちらこそ」

誠之助も、慌てて低頭した。

後ろにいたおふねも、島田が何者か分かったらしく誠之助といっしょに頭を下げると、

「すぐに、茶を淹《い》れますから」

と言って、立ち上がった。

「粗末な家だが、ともかく上がってください」

誠之助が、源九郎にも目をむけて言った。

「いや、ここでいい」

島田は腰の大小を鞘ごと抜くと、上がり框に腰を下ろした。

源九郎も、島田の脇に腰を下ろした。ここは、島田にまかせておこうと思ったのである。

「萩江は、元気でやってますか」

誠之助が訊いた。どうやら、誠之助も、萩江が島田の許にいたことを知っているらしい。ただ、萩江が攫われたことは知らないような口振りだった。

「それが、萩江どのは何者かに勾引かされたのだ」

島田が小声で言った。

「なに！」

誠之助が驚愕《きょうがく》に目を剝いた。傍目にも、誠之助の顔から血の気が失《う》せていくのが見てとれた。

……驚いたふりをしているのではないようだ。

と、源九郎は見てとった。とすると、萩江を勾引かしたのは、誠之助ではないことになる。

「吉川という牢人を頭格とする男たちが数人、長屋に押し入って、萩江どのを連れ去ったのだ」

島田が無念そうな顔をして言った。

「本郷の屋敷の前で、萩江を連れ去ろうとした者たちだな」

誠之助が怒りをあらわにして言った。

「牢人たちだが、いったい何のために萩江どのを……」

「分からぬ」

島田と誠之助は、口をつぐんで虚空を睨《にら》むように見すえている。

……ふたりは、兄弟のようではないか。

と、源九郎は思った。まるで、島田は誠之助を疑っていなかった。身内に話すような口振りである。

ふたりの話がとぎれたところで、

「誠之助どのは、吉川左之助という牢人をご存じないか」

と、源九郎が訊いた。

「初めて聞く名でござる」

すぐに、誠之助は答えた。

源九郎は念のために、黒崎と石丸の名も出したが、やはり誠之助は知らないと答えた。

「つかぬことを訊くが、秋月家は誠之助どのが継がれることになろうか」

源九郎はそれとなく水をむけた。

「できれば、萩江に継いでもらいたいのだ。……わたしも母も、長くこの家で暮らしてきたので、堅苦しい屋敷暮らしは肩が凝るだろう」

「だが、萩江どのに秋月家を継ぐ気がなければ、誠之助どのということになるのではないかな」

「それで、困っているのだ。萩江が家を継ぐために、犠牲になるのは不憫《ふびん》だし……」

誠之助が力のない声で言った。

「秋月家を継ぐことが、犠牲になるとは？」

源九郎が訊いた。

「萩江は、島田どのを好いているのだ。……それを、秋月家を継ぐためとはいえ、まだ十一歳の松太郎を婿に迎え、妻として一生暮らせというのは、あまりに不憫ではないか」

「うむ……」

もっともだ、と源九郎は思った。

「誠之助どのは、どうされるのだ」

島田が訊いた。

「できれば、秋月家に入りたくないが、兄として妹に犠牲を強いるわけにもいかぬし、島田どのが萩江といっしょに秋月家に入ってくれれば、ありがたいのだが」

誠之助が、島田を見つめて言った。

「それは、できぬ。誠之助どのを差し置いて、おれが秋月家に入るなど」

島田が慌てて言った。

源九郎は島田と誠之助のやり取りを聞いて、

……誠之助が、秋月家を継ぐために萩江を攫ったのではない。

と、確信した。

そこへ、おふねが茶道具を持って板敷の間に入ってきた。

源九郎は茶を淹れるおふねの指先に目をむけながら、

……いずれにしろ、萩江を助け出さねば始末はつかぬな。

と、胸の内でつぶやいた。

第五章　奸計《わるだくみ》

一

腰高障子の向こうに、草履《ぞうり》の足音が聞こえた。聞き慣れた足音は、孫六のものである。

源九郎は、長屋の座敷に胡座《あぐら》をかき、昨日の残りのめしを茶漬けにして食っていた。

「華町の旦那、入りやすぜ」

障子の向こうで、孫六が声をかけた。

「入ってくれ」

「いまごろ、朝めしですかい」

孫六が土間に入ってきて、呆《あき》れたような顔をした。

「待て、すぐ終わる」

源九郎は、いそいで残りのめしを掻《か》き込んだ。

これからふたりで、本郷に行くことになっていたのだ。念のために根岸道場に当たって、寺島や若党の小暮のことを探ってみようと思ったのである。

源九郎は茶漬けを食べ終えると、茶を飲みたかったが、流しで水を飲んで我慢した。

「さて、行くか」

源九郎は大小を腰に差して戸口から出た。

孫六は黙って跟《つ》いてくる。こうした探索のおりに、源九郎は孫六と歩くことが多かった。年寄り同士で気が合ったし、孫のことなど話題も共通したものがあったからだ。

竪川沿いの通りに出たところで、

「菅井たちは、今日も元鳥越町へ出かけたのか」

と、源九郎が訊《き》いた。

昨日、孫六は菅井、茂次、三太郎の三人といっしょに、吉川の塒《ねぐら》をつきとめるために元鳥越町へ出かけたのである。四人で手分けして探した結果、吉川の塒が分かった。仁兵衛店《にへえだな》という長屋だった。ただ、その塒に吉川はいなかった。長屋の住人に訊くと、吉川は半月ほど前に出ていったきり、長屋にもどらないという。

「へい、菅井の旦那たちは、念のために黒崎と石丸も当たってみるそうでさァ」

孫六が歩きながら言った。

「そうか」

おそらく、菅井は、黒崎か石丸の塒が分かれば、口を割らせて萩江の監禁場所をつかむことができる、と踏んでいるのだ。

源九郎と孫六は両国橋を渡ると、柳原通りを筋違御門まで歩き、昌平橋を渡って湯島へ出た。そして、昌平坂学問所の裏手を通って本郷へ入った。

本郷の町筋をしばらく歩いてから、源九郎は前方右手に加賀前田家の上屋敷が見えてきたところで足をとめた。

「この辺りの路地だったがな」

源九郎は、町家のつづく通りの左手に目をやった。

四、五年前、源九郎は根岸道場の前を通ったことがあった。そのときの記憶によると、道場は瀬戸物屋の脇の路地を入った先にあったのだ。

「あれだ」

半町ほど先に瀬戸物屋があった。店先に、大鉢《おおばち》、瓶《かめ》、壺《つぼ》などが並べてある。

瀬戸物屋の脇に路地があった。記憶にある路地である。

源九郎たちは路地へ入った。一町ほど歩くと、かすかに竹刀を打ち合う音や気合などが聞こえてきた。道場の稽古の音である。

町道場としては、ちいさな建物だった。借家に大工を入れて改築し、床を板張りにして道場として使っているらしい。

「旦那、どうしやす？」

道場の戸口近くに立って、孫六が訊いた。

「道場に入って、訊くわけにもいかんな」

道場主の根岸を知っていれば訪ねてもいいが、面識のない者に門弟のことを訊くのは気が引けた。

「門弟が出てくるのを待つか」

陽は、頭上にあった。いまごろまで朝稽古がつづいているはずはないので、残り稽古であろう。

源九郎は小半刻（三十分）も待てば、道場からだれか出てくるだろうと思い、あらためて路地に目をやると、一町ほど先に稲荷の赤い鳥居が見えた。

「あの稲荷で待とう」

源九郎は孫六を連れて稲荷に足をむけた。

ちいさな稲荷だったが、樫《かし》や欅《けやき》などでかこわれた祠《ほこら》があった。源九郎たちは鳥居をくぐり、祠につづく石段に腰を下ろした。道場の方に目をやると、樫の葉叢《はむら》の間から道場の戸口が見えた。

源九郎はそこで一休みしながら、道場から門弟が出てくるのを待つことにした。

それからいっときし、道場に目をやっていた孫六が、

「出て来やしたぜ！」

と、声を上げた。

「そうか」

源九郎が葉叢の間から覗くと、小袖に小倉袴姿の若い武士がふたり、道場から路地へ出たところだった。ふたりとも剣袋を携えている。

ふたりは何やら話しながら、源九郎たちのいる稲荷の方へ歩いてくる。

「あのふたりに、訊いてみよう」

源九郎は鳥居をくぐって路地へ出た。孫六は殊勝な顔をして、源九郎の後ろにひかえている。

「しばし、しばし」

源九郎が、前を通り過ぎようとしているふたりの武士に声をかけた。

「われらのことかな」

長身の武士が、足をとめて訊いた。もうひとり、小太りの武士の口元に、揶揄《やゆ》するような薄笑いが浮いている。源九郎が、みすぼらしい老武士に見えたからであろう。

「さよう。……根岸道場のご門弟とお見受けしたが」

かまわず、源九郎が訊いた。

「いかにも」

「道場に、寺島どのはおられたかな」

源九郎は寺島の名を出した。寺島がいるとは思わなかったので、話のきっかけにしただけである。

「寺島どのでござるか」

長身の武士は首をひねって、小太りの武士に顔をむけると、

「知らんな」

小太りの武士が、素っ気なく言った。

「寺島昌次郎どのだが、いまは道場に姿を見せないのかもしれん。ならば、寺島家に仕えている小暮裕之助どのを知っておるかな」

源九郎は小暮の名を出した。

「小暮どのなら知っているが……」

長身の武士が怪訝《けげん》な顔をした。小暮と源九郎のかかわりが、分からなかったのであろう。

「わしは、数年前まで寺島どのと昵懇《じっこん》にしていてな。所用で近くを通りかかったので、寺島どのが道場にいたら訪ねてみようと思ったしだいなのだ」

源九郎がもっともらしく言った。

「道場に、寺島どのも小暮どのもいませんよ」

小太りの男が、自分たちは残り稽古をしていたので、門弟のほとんどは道場にいないと口にした。

「ところで、そこもとたちは吉川左之助を知っているかな」

源九郎は、念のために吉川のことも訊いてみた。

「吉川どのなら、知ってますが」

長身の男が眉宇《びう》を寄せて言った。話題にしたくないような表情である。

「やはり、ご存じか」

「兄弟子なので……」

「吉川どのは、なかなかの遣い手だったはずだ。わしは同門でなかったが、吉川どのの評判は聞いていた」

「たしかに、腕は立った。……ですが、五年も前に道場をやめましたよ」

長身の男は、先を急ぎますので、と言い、足早に歩きだした。これ以上話したくないという態度である。小太りの男も、源九郎には何も言わず小走りに離れていった。

「吉川は、根岸道場の門弟だったのか」

源九郎がつぶやいた。虚空にむけられた双眸《そうぼう》が、切っ先のようにひかっている。

源九郎の頭のなかで、これまでばらばらだった男たちが根岸道場を介してつながった。寺島昌次郎、小暮裕之助、吉川左之助は、根岸道場の門弟だったのである。

……寺島が、小暮や吉川に指示して萩江を勾引かしたにちがいない。

と、源九郎は思った。

まだ、腑に落ちないこともあった。寺島が萩江を勾引かしても、松太郎と萩江をいっしょにさせて、秋月家を継がせることはできないはずだ。ただし、誠之助を秋月家の継嗣にすることは、寺島の狙いどおり阻止できそうだ。萩江を攫《さら》った黒幕は誠之助だと、秋月に思い込ませたからである。

……それにしても、なにゆえ萩江どのを勾引かしたのであろう。

源九郎の疑念は解けなかった。

二

「菅井の旦那、あの店ですぜ」

茂次が、掘割沿いにある一膳めし屋を指差した。戸口の腰高障子に、吉田屋《よしだや》と書いてある。

菅井、茂次、三太郎の三人は、元鳥越町に近い門前町《もんぜんちょう》に来ていた。菅井たちは元鳥越町で聞き込み、源蔵の賭場の常連客の仙次《せんじ》という遊び人から話を聞いた。

仙次は石丸七之助を知っていた。一年ほど前まで、ふたりでつるんで遊んだこともあるという。

「石丸の塒を知っているか」

菅井が訊いた。

「知ってやすが、あっしにも、都合がありやしてね」

仙次が薄笑いを浮かべて言った。ただでは、話さないということらしい。

菅井は財布を取り出すと、一分銀をつまみ出し、仙次に握らせてやった。

「旦那は気前がいいや」

途端に、仙次は目尻を下げ、

「あっしが案内しやすよ」

と言って、門前町まで菅井たちを連れてきて、石丸の住む政五郎店《まさごろうだな》という棟割り長屋を教えてくれたのだ。仙次にとって、一分銀は大金だったのである。

だが、政五郎店に石丸はいなかった。屋という一膳めし屋だろうと口にする者がいた。そこで、菅井たちは吉田屋まで足を運んできたのである。

「石丸はいるかな」

菅井が店先に目をやりながら言った。何人か客がいるらしく、男の濁声《だみごえ》や哄笑《こうしょう》などが聞こえてきた。

「あっしが、覗いてきやしょう」

茂次が言った。菅井は、石丸に顔を覚えられているかもしれない。それに、菅井の風貌は目立つのだ。

茂次はすぐに縄暖簾《なわのれん》をくぐって、吉田屋に入っていった。

菅井と三太郎は、路傍の樹陰で茂次がもどってくるのを待った。茂次はすぐにもどってこなかった。小半刻（三十分）もして、やっと茂次が店先に姿をあらわした。

「お待たせしやした」

茂次が首をすくめて言った。

「いたのか、石丸は？」

「いやした。やろう、酒を飲んでやしたぜ」

茂次によると、長身の牢人が、一人で酒を飲んでいたという。茂次は酒を一本だけ頼み、小女にそれとなく訊くと、石丸の名を口にしたそうだ。

「一本、飲みやしたんで、ちょいと遅くなりやした」

茂次が照れたような顔をして言った。

「さて、どうするか」

すでに、陽は沈みかけていた。西の空が茜色《あかねいろ》に染まっている。

掘割沿いの通りには、ちらほら人影があった。それに、近くに石丸を連れ込んで口を割らせるような物陰もない。

「茂次、猪牙舟《ちょきぶね》を一艘都合できるか」

通りの脇に掘割があった。大川へつながっている掘割である。菅井は舟を用意できれば、石丸を乗せてはぐれ長屋に連れていけると踏んだのだ。

「柳橋まで行きゃァ、船宿の舟を借りられやす」

茂次が言った。

柳橋まで遠くなかった。暗くならないうちに、もどって来られるだろう。

「銭はあるか」

ただで舟を借りるわけにはいかないだろう。

「へい、まだ分け前が残っていやす」

「三太郎とふたりで行ってくれ。おれは、ここで見張っている」

「承知しやした」

茂次と三太郎が駆けだした。

ふたたび、菅井は樹陰に立って吉田屋の店先に目をやった。菅井は、茂次たちがもどる前に石丸が姿を見せたら跡を尾《つ》けるつもりだった。政五郎店にもどれば、暗くなってから長屋を襲ってもいいのである。

しばらくすると、暮れ六ツ（午後六時）の鐘が鳴った。陽は沈み、西の空の残照も闇の色をふくんで赤黒く染まっている。まだ、石丸は姿を見せなかった。

やがて、辺りは淡い夕闇に染まってきた。樹陰や通り沿いの店の軒下などに夜陰が忍び寄っている。

そのとき、足音がした。見ると、茂次と三太郎が走ってくる。

「舟はどうした？」

菅井は通りに出て訊いた。

「あそこに」

茂次が掘割の先を指差した。半町ほど先の船寄《ふなよせ》に猪牙舟がとめてある。近くに舟を寄せる場所がなかったので、そこにとめたらしい。

「旦那、石丸は？」

三太郎が訊いた。

「まだ、店から出てこぬ」

「長《なが》っ尻《ちり》だな」

「ともかく、出てくるのを待とう」

菅井たち三人は、ふたたび樹陰に身を隠した。

茂次と三太郎がもどって、小半刻（三十分）ほど経った。あたりは、淡い夜陰につつまれ、頭上には星のまたたきがはっきり見えるようになってきた。通り沿いの表店《おもてだな》はひっそりと静まり、掘割の岸に寄せるさざ波が、絶え間なく聞こえている。

「旦那、やつだ！」

茂次が声を殺して言った。

吉田屋の店先から牢人がひとり、通りへ出てきた。総髪で、大刀を一本落とし差しにしている。

「石丸だな」

酔っているらしく、石丸はすこしふらついていた。千鳥足で、菅井たちのひそんでいる方へ歩いてくる。

「あれなら、逃がすことはないな」

菅井はゆっくりとした足取りで樹陰から通りに出た。

茂次と三太郎は、通り沿いの表店の軒下の闇をつたって石丸の背後にまわった。

三

石丸が、ギョッとしたように立ちすくんだ。ただ、酔っているせいで、すぐに菅井とは気付かなかったらしく、顎を突き出すようにして菅井を見た。

「何者だ？」

石丸が濁声で誰何《すいか》した。体が揺れている。

「この顔を見忘れたか。菅井紋太夫だ」

言いざま、菅井は抜刀した。

一瞬、石丸は目を剝《む》き、刀の柄に手を伸ばしたが、抜く間はなかった。菅井の切っ先が、石丸の首筋に当てられていたのである。

「お、おれを斬るのか！」

石丸が声を震わせて言った。顔が恐怖でひき攣《つ》っている。酔いで赭黒《あかぐろ》く染まっていた肌が土気色になっていた。

「おれは殺生は嫌いだが、斬るも斬らぬもおぬししだいだな」

菅井は左手を伸ばして、石丸の大刀を鞘ごと抜き取った。

そこへ、後ろから茂次と三太郎が走り寄り、菅井から大刀を受け取った。

「さて、行こうか」

菅井が切っ先を突き付けたまま言った。

「ど、どこへ行くのだ」

「なに、夜風に当たって、酔いを覚ましてもらうだけだ」

菅井は、舟をとめてある船寄の方へ石丸を連れていった。

石丸は菅井に逆らわなかった。逆らえば、斬られると思ったのであろう。

石丸を乗せた舟は掘割をたどって大川へ出ると、水押《みよし》を川下へむけた。大川から竪川に入り、相生町の桟橋に舟を着ければ、はぐれ長屋はすぐである。

菅井たちは、石丸を菅井の家に連れていった。菅井は男の独り暮らしだが、几帳面なところがあり、源九郎や島田の部屋のように乱雑ではなかった。夜具は枕《まくら》屏風《びょうぶ》の陰に畳んであったし、衣類や食器類もあるべき場所に置かれている。

座敷の隅に置かれた行灯《あんどん》の灯《ひ》のなかに、六人の男の顔が浮かび上がっていた。菅井、源九郎、島田、茂次、三太郎、それに石丸である。

菅井たちは石丸を長屋に連れてきた後、源九郎と島田に声をかけて部屋へ来てもらったのだ。

「ここは、おれたちの長屋だ。泣こうが騒ごうが、どうにもならん」

菅井が念を押すように言った。

「……！」

石丸は恐怖に体を顫《ふる》わせていた。酔いが醒め、顔は紙のように蒼ざめて生気がなかった。目が落ち着きなく動いている。

「まず、萩江どのの監禁場所を訊こう」

源九郎が石丸を見すえて言った。双眸が行灯の灯を映して、熾火《おきび》のようにひかっている。剣客らしい凄《すご》みのある顔だった。

「お、おれは、知らぬ」

石丸が、喉のつまった掠《かす》れ声で言った。

「しゃべらねば、おれが斬る！」

島田が熱《いき》り立って言った。島田にすれば、萩江を連れ去った一味のひとりを目の前にして落ち着いていられなかったのだろう。

「石丸、死にたくなかったら話すことだな。おぬしが、勾引かし一味のひとりであることは分かっているのだ」

　源九郎が低い声で言った。

「おい、華町、石丸に話す気がないなら斬ってしまおう。なに、小暮か黒崎の口を割らせればいいのだ」

　脇から、菅井が口をはさんだ。

「石丸、聞いたか。話さねば、ここで首を落とすことになるぞ」

　源九郎がそう言うと、

「は、話す。隠さずに話す」

　と、石丸が肩をすぼめて言った。

「そうか」

　思ったより、簡単に落ちたようだ。

「では、訊く。萩江どのの監禁場所は？」

「深川、西平野町《にしひらのちょう》の借家だ」

　石丸の話によると、深川、西平野町の海辺橋のたもとちかくに、寺島が妾をかこっていた借家があるという。そこに、萩江を監禁しているそうだ。海辺橋は仙台堀にかかっている。

「やはり、寺島か」

源九郎は、寺島の妾宅に萩江が監禁されていると聞いて、首謀者は寺島だと確信した。

「お、おのれ！　寺島」

島田が怒りに顔を染めて声を上げた。島田も、萩江を勾引かした黒幕が寺島と気付いたようだ。

「石丸、寺島はなにゆえ萩江どのを勾引かしたのだ。萩江どのを勾引かしても、倅の松太郎は秋月家に婿入りできまい」

誠之助が勾引かしたと秋月に信じ込ませれば、誠之助が秋月家を継ぐことは阻止できるかもしれない。だが、肝心の萩江が屋敷にいないのでは、松太郎の婿入りどころではないはずだ。

「おれは、くわしいことは知らんが、いずれちかいうちに萩江という娘は、寺島どのが助け出したことにして、秋月家へ連れ帰るそうだ」

石丸が小声で言った。

「そういうことか！」

源九郎は、寺島の奸計《かんけい》が読めた。

萩江を勾引かすことにより、誠之助が秋月家を継ぐことを阻止するとともに、萩江を島田からも引き離そうとしたのだ。その上で、萩江を助け出したと称して秋月家に帰し、萩江を助け出した恩を秋月に売って、松太郎の婿入りを確実なものにしようとした。

その奸計を実行するために、寺島は表に出ず、根岸道場を通してつながりのあった吉川たちを使ったのである。

「ところで、おぬしは寺島と会ったことがあるのか」

源九郎が訊いた。二百五十石の旗本の当主と無頼牢人たちのつながりが、まだ腑に落ちなかったのだ。

「寺島どのは、むかしから知っていた」

「吉川を通して知り合ったのか？」

「それだけではない。……寺島どのは遊び人でな。柳橋や浅草寺界隈《かいわい》で、よく顔を合わせたのだ」

石丸によると、寺島は非役ということもあって暇を持て余し、柳橋の料理屋や浅草寺界隈の岡場所などによく姿を見せたという。そうしたおり、同じ道場の門弟だった吉川と親しくなり、石丸や村田甚八などとも遊び歩くようになったそうだ。

「西平野町にかこった妾も、茶屋町《ちゃやちょう》の料理屋で座敷女中をしていたおかよという女なのだ。そのおかよも、二年ほど前に死んだがな」

茶屋町は浅草寺の門前にあり、料理茶屋や遊女屋などの多い町である。

「それにしても、寺島はよく金がつづいたな」

二百五十石の旗本の内証《ないしょ》は苦しいはずである。料理屋や岡場所で遊びまわる余裕はないだろう。まして、家を借りて、妾をかこうなど無理な話である。

「くわしいことは知らないが、遊ぶ金だけは何とか工面したのだろうな」

石丸が首をひねりながら言った。そこまでは、知らないらしい。

「寺島には、秋月家から金を出させる狙いもあったかもしれんな」

倅の松太郎が秋月家を継げば、寺島は父親としてそれなりの我儘《わがまま》がきくはずである。当主の父親として秋月家を牛耳り、金を出させる策謀をめぐらせていたのかもしれない。

源九郎が口をつぐむと、

「それで、監禁場所にはだれがいるのだ」

脇から、菅井が訊いた。

「吉川と黒崎がいるはずだ。それに、町人が三人いるかもしれん」

石丸によると、町人は源蔵の賭場で知り合った遊び人で、三人の名は駒造、梅《うめ》助《すけ》、芝六《しばろく》だという。

「黒鴨《くろがも》に化けて、長屋に来たのはそいつらだな」

「そうだ」

「そいつらも、始末してくれよう」

菅井が細い目をひからせて言った。

座敷に集まった男たちが口をとじ、座が沈黙につつまれたとき、

「おれの知っていることは、みんな話した。このまま、帰してくれ」

そう言って、石丸が源九郎に哀願するような目をむけた。

「しばらく、おぬしの身は、わしがあずかっておこう」

石丸はまだ利用できるのではないか、と源九郎は思った。口上書《こうじょうがき》でも取っておけば、寺島がしらを切っても、萩江を勾引かした奸計をあばくことができるのだ。

ただ、石丸にめしを食わせるのが面倒だった。

「茂次、三太郎、女房どのに頼んで、石丸のめしをとどけてくれんか」

源九郎が、小声で言った。茂次と三太郎には、女房がいたのである。

「お梅に頼んで、旦那の分も何とかしやすよ」

茂次が言うと、

「おせつにも頼みやす」

と、三太郎が言い添えた。

「それは、ありがたい。お梅さんとおせつさんには、頭が上がらなくなるな」

源九郎が照れたような顔をした。

四

「華町の旦那、分かりやしたぜ」

孫六がくぐもった声で言った。元岡っ引きらしい鋭い目をしている。

源九郎の家に、菅井、孫六、茂次、三太郎、島田が集まっていた。それに、後ろ手に縛られた石丸が部屋の隅にいた。逃げ出さないよう、柱に縛られている。

石丸から話を聞いた翌日の夕方だった。孫六、茂次、三太郎の三人は今朝から深川、西平野町に出かけ、萩江が監禁されている妾宅を探りに行って、長屋に帰ってきたところだった。

「どんな家だった」

源九郎が訊いた。

「借家にしちゃァ、大きな家でしたぜ」

孫六や茂次たちが話したことによると、板塀にかこまれた平屋で、部屋は四、五間はありそうだという。

「それで、吉川たちはいたのか」

気になるのは、吉川がいるかどうかである。

「はっきりしねえが、牢人がふたりいやした」

孫六たちは、板塀の陰に身を寄せて家を覗いたという。

庭に面した縁側の座敷の障子があいていて、牢人体のふたりの姿が見えたという。ふたりは、貧乏徳利の酒を湯飲みで飲んでいたそうである。

「他には？」

「別の部屋で、男の声がしやした」

茂次が言った。その物言いは、町人のものだったので駒造たちではないかという。

「萩江どのは、どこに監禁されているとみた」

島田が身を乗り出すようにして訊いた。顔には、濃い憂慮の翳《かげ》が張り付いていた。萩江のことが、心配でならないのだろう。

「奥の部屋とみやした」

孫六が低い声で言った。

吉川たちのいた座敷の奥に、さらに座敷が二間ありそうだという。

孫六は、奥の二間のどちらかに萩江は監禁されているはずだと言い添えた。

「それで、いつやる」

菅井がくぐもった声で訊いた。

「明日だ。早い方がいい。……いつ、寺島が、誠之助どのの手から助け出したと偽って、萩江どのを秋月家へ連れていくか分からんからな。そうなっては、手遅れだ」

源九郎が一同に視線をまわして言った。

翌日、源九郎、菅井、島田、孫六の四人は、陽が西の空にかたむいてからはぐれ長屋を出た。源九郎たちは、表店のしまった後の夕暮れ時に、萩江の監禁されている家に踏み込むことにしていたのだ。すでに、茂次と三太郎は先に出て、西平野町にむかっている。

源九郎たちは、孫六の先導で竪川にかかる二ッ目橋を渡った。真っ直ぐ南にむかえば、仙台堀にかかる海辺橋につきあたる。

晴天だった。春らしい暖かな微風《そよかぜ》が吹いている。好天のせいもあって、町筋はいつもより人出が多いようだった。町娘、ぼてふり、供連れの武士、風呂敷包みを背負った店者などが行き交っている。

小名木川にかかる高橋を渡ると、いくらか通行人の姿がすくなくなった。陽も家並の向こうに沈みかけ、通りを表店の長い影がおおっている。

霊巌寺の脇まで来ると、前方に海辺橋が見えてきた。その先に寺院の杜《もり》がつらなり、堂塔が折り重なるように見えていた。その辺りは、寺が多い地だった。

海辺橋の近くまで来ると、こちらに走ってくる人影が見えた。三太郎のようである。

三太郎は源九郎たちに近付くと、

「吉川たちは、家にいやす」

と、荒い息を吐きながら言った。どうやら、源九郎たちの姿を見て、見張っていた借家の様子を知らせにきたらしい。

「茂次は？」

源九郎が訊いた。

「見張ってまさァ」

「よし、行ってみよう」

源九郎たちは、海辺橋のたもとに近付いた。

「こっちで」

三太郎が、橋のたもとを左手におれた。左手につづく地が、西平野町である。

三太郎は仙台堀沿いの道を一町ほど歩いて歩をとめた。

「そこの、足袋屋の先の板塀をめぐらせた家でさァ」

三軒先の表店の軒先に、足袋の看板が下がっている。すでに、店は表戸をしめていた。ひっそりと淡い夕闇につつまれている。その足袋屋の角の暗がりに、人影があった。茂次である。茂次は首を突き出すようにして、板塀をめぐらせた借家を覗いていた。

「どうだ、なかの様子は」

源九郎が茂次に身を寄せて訊いた。

「吉川と黒崎が、いるようでさァ」

茂次によると、武士の話し声が聞こえたという。

「そこから、裏手にまわれそうだな」

源九郎は、足袋屋と借家の板塀との間が一間ほどあいているのを目にした。そこが細い通路になっていて、裏手にまわれるようだ。

「裏手を見てみよう」

源九郎は小声で言って、足袋屋と板塀の間に近付いた。すぐに、菅井や島田たちがつづいた。

源九郎たちは足音を忍ばせて、狭い通路を裏手へまわった。ときおり、板塀の向こうの借家から男のくぐもった話し声や笑い声などが聞こえてきた。町人と武士が数人いるようである。

裏手にも、人がひとりやっと通れるだけの細い路地があった。通り沿いの表店や仕舞屋《しもたや》の裏手から、別の路地に出られるようになっているらしい。

「あそこから入れるぞ」

裏手の板塀に枝折《しお》り戸がついていた。そこから、借家の裏口へ出入りできるようになっていた。

裏手は暗かった。夜陰が辺りをつつんでいる。静寂につつまれ、聞こえてくるのは借家から洩《も》れてくる男たちのくぐもった声や笑い声だけである。

「なかに入るぞ」

源九郎は小声で言って、枝折り戸へ近付いた。

枝折り戸から板塀のなかに入ると、すぐ前が借家の裏口になっていた。家の脇から庭へもまわれるようになっている。

「裏口があくといいんだが」

引き戸になっていた。古い戸で、板のはがれている箇所もある。

「あっしが、見てきやしょう」

茂次が抜き足差し足で裏口に近付いた。

そして、引き戸に手をかけて音のしないようにそっと引いた。

ゴトッ、とちいさな音がして、一寸ほどあいた。心張り棒はかかってないようだ。

茂次がもどってくると、源九郎が、

「島田、茂次と三太郎といっしょに裏口から入って、萩江どのを助け出してくれ。おれと菅井、それに孫六とで、吉川たちを庭へおびき出す」

源九郎は庭へ吉川たちをおびき出し、その隙に島田たちが萩江を助け出す手筈を話した。

「よし、それでいこう」

と、菅井。

「萩江どのは、かならずおれが助け出す」

島田が眦《まなじり》を決したような顔をして言った。

五

そのとき、萩江は借家の奥の暗い座敷のなかにいた。後ろ手に縛られ、さらに柱にくくり付けられていた。両足も細引きで縛られている。

日中は後ろ手に縛られて柱にくくりつけられているだけだったが、暗くなると足も縛られるのだ。監視している男たちが、眠った隙に逃げられないようにそうしているらしい。

襖の向こうから、男たちのくぐもった談笑の声が聞こえてきた。一部屋隔てた先の座敷で、男たちが酒を飲んでいるのである。ときどき、卑猥《ひわい》な言葉が聞こえてきた。男たちの声から逃れるように、萩江は顔を廊下側にむけた。障子に灯の色が淡く映じていた。廊下に洩れた隣の部屋の行灯の灯らしい。

萩江が仄《ほの》かに明らんだ障子を見ていると、脳裏に長屋の部屋の隅に点《とも》っていた行灯が浮かんできた。行灯の灯のなかに、島田の姿があった。島田は萩江に、やさしく微笑《ほほえ》みかけている。

……藤四郎さま、藤四郎さま……。

萩江は脳裏に浮かんだ島田に声をかけた。

どういうわけか、島田は萩江に微笑みかけたまま動かない。萩江は島田の名を呼びながら、島田に近付こうとした。すると、ふいに島田の姿が掻き消えた。

ふと、萩江は目をあけた。目の前に、淡い灯の色を映した障子があるだけである。

……夢だったのかもしれない。

萩江がそう思ったとき、ふいに障子に映じた灯の色が揺れてかすんだ。涙が溢れ出たのである。

そのとき、庭の方で男の声がひびいた。

……吉川左之助！　姿を見せろ！

しゃがれ声だが、強いひびきがある。

……あれは、華町さまの声だ！

萩江の胸が、急に高鳴った。島田さまも、来ているかもしれない、と思ったのだ。


そのとき、源九郎と菅井は庭に立っていた。すぐ前に縁側があり、その先の障子の向こうから男の声が聞こえていたが、源九郎の声で話し声がハタとやんだ。物音もしない。家全体が深い静寂につつまれている。家にいた者たちは息を呑んで、庭の様子をうかがっているようである。

「華町源九郎だ！」

源九郎が名乗ると、

「菅井紋太夫！」

と、菅井がつづいた。

障子の向こうで、ひとの立ち上がる気配がし、畳を踏むかすかな音が聞こえた。

ガラリ、と障子があいた。

姿を見せたのは偉丈夫の武士だった。部屋の行灯の灯が背中から照らしているので、顔ははっきりしなかったが、吉川である。吉川の後ろに、もうひとり武士体の男がいた。小柄だった。黒崎らしい。

「華町、何しにきた」

吉川が恫喝《どうかつ》するような声で言った。

「おぬしを斬りにきた」

「なに、菅井とふたりでか。……血迷ったな」

吉川の口元に、ふてぶてしい笑いが浮いた。

「黒崎、おまえの相手はおれだ！」

菅井が吉川の後ろにいる黒崎に声をかけた。

「おれを斬れるか」

そう言うと、黒崎は後ろに顔をむけ、おい、庭だ！　と叫んだ。別の部屋にいる駒造たちを呼んだようだ。

ドカドカと廊下を歩く複数の足音がし、黒崎の背後に人影があらわれた。駒造たちが駆け付けたようだ。

「吉川、わしと勝負だ！」

源九郎が声を上げた。吉川たちを、庭におびき出したかったのだ。その間に、島田たちが萩江を助け出すだろう。

「おお！」

吉川は手に提げていた大刀を抜きはなち、庭へ飛び下りた。

黒崎がつづき、さらに駒造たち三人も庭へ下りた。黒崎たちは、素早い動きで菅井を取りかこんだ。

源九郎と吉川の間合は、およそ三間。まだ、斬撃の間合ではなかった。

源九郎は青眼に構え、切っ先を吉川にむけた。対する吉川は八相に構えた。両肘を高く取った大きな構えである。

源九郎はすばやく足場を確かめた。雑草が茂っていたが、蔓草《つるくさ》や丈の高い草はなかった。足を取られることはなさそうだ。

一方、菅井は黒崎と対峙していた。駒造、梅助、芝六の三人が、まわりをとりかこんでいる。

駒造たちは、それぞれ匕首《あいくち》を手にしていた。すこし、前屈みの格好で匕首を前に突き出すようにして身構えている。目が血走り、獲物をとりかこんだ狼のようだった。

島田は源九郎の声を聞き、吉川たちが縁側に出たらしい気配を察知すると、裏戸から家のなかに入った。

茂次と三太郎がつづく。

そこは、土間だった。台所らしい。夜陰につつまれていたが、竈《へっつい》や流し場、薪《たきぎ》置き場などがぼんやりと識別できた。土間の先が狭い板敷の間になっていて、その先が座敷につづく廊下になっている。

廊下に淡い灯の色があり、右手に障子が立ててあるのが分かった。そこが座敷らしい。

島田たちは足音を忍ばせて、板敷の間に上がった。

庭の方から、男の怒号や気合が聞こえてきた。源九郎たちと吉川たちの間で、斬り合いが始まったらしい。

……いまなら、萩江どのを助けられる！

島田は、板敷の間から廊下へ出た。

廊下に出てすぐ、島田は右手の障子の向こうに人のいる気配を感じた。だれかいるらしい。

島田は障子をあけた。なかは暗かったが、座敷の隅にかすかに人影があるのが分かった。

その人影が揺れ動いた。

「し、島田さま……」

女のかすれた声が聞こえた。萩江の声である。

「萩江どの！」

島田が走り寄った。

萩江は身を顫わせながら島田の顔を見上げた。闇のなかに、萩江の泣きだしそうな顔が浮かび上がっている。

「いま、助けてやる」

島田はすばやく小刀を抜き、萩江の縄を截断《せつだん》した。

「島田さま！」

萩江は両手を伸ばして島田の首筋にまわすと、島田の胸に顔を押しつけながら嗚咽《おえつ》を洩らした。

島田は萩江を強く抱き締めたが、すぐに萩江の肩先に手を置いて身を離し、

「ここから逃げるのだ！」

と、萩江の顔を見つめながら言った。愛《いとお》しさに、身をまかせている余裕はなかった。

茂次と三太郎は座敷に入ってこなかった。廊下にいて、吉川たちの様子をうかがっているようだ。

島田は萩江の背に腕をまわし、抱きかかえるようにして廊下に出た。

「島田の旦那、裏口から外へ」

茂次が言った。

すぐに、島田は萩江を抱えて裏口へむかった。萩江の嗚咽はやんでいた。いまは、必死になって島田といっしょに逃げようとしている。

島田たちは裏口から外へ出た。辺りは夜陰につつまれ、庭の方では気合や刀身のはじき合う音などがひびいていた。

六

源九郎は吉川と対峙していた。源九郎の着物の左肩が裂けていた。吉川の切っ先をあびたのである。かすかに、血の色もあったが、かすり傷のようだ。

一方、吉川の右手の甲にも血の色があった。こちらも、薄く皮肉を裂かれただけの浅手である。

源九郎は青眼。吉川は八相に構えていた。

「初手は互角か」

吉川がつぶやくような声で言った。

吉川の身辺に異様な殺気があった。淡い夜陰のなかで、細い目が蛇《くちなわ》のようにひかっている。おそらく、源九郎と一合し、わずかだが血を見たことで、剣客の本能に火が点《つ》いたのであろう。

……このままでは、勝てぬ。

と、源九郎は察知した。

初手は互角だったが、いま、源九郎の息が乱れていた。激しい動きで、鼓動が激しくなったのだ。

かすかな息の乱れが、一瞬の反応や太刀捌《たちさば》きに影響することを源九郎は知っていた。

源九郎は青眼に構えた刀身をわずかに下げ、切っ先を吉川の胸の辺りにつけた。初手の斬撃を迅《はや》くするために、刀を振りかぶらずに、逆袈裟《ぎやくげさ》に斬り上げようとしたのである。

すると、吉川は刀身をわずかに寝かせて腰を沈めた。源九郎が逆袈裟に斬り上げてくると読んで、その斬撃を受けようとしているのだ。

「いくぞ！」

吉川が足裏を摺《す》るようにして、ジリジリと間合をせばめてきた。

ザッ、ザッと、爪先で雑草を分ける音がした。吉川の巨軀《きょく》が、斬撃の間境に迫ってくる。

間合がせばまるにつれ、吉川の全身に気勢が満ち、その巨軀がさらに膨れ上がったように見えた。巨岩が迫ってくるような威圧がある。

源九郎は動かなかった。気を鎮めて、吉川の斬撃《ざんげき》の起こりをとらえようとしている。

ふいに、吉川の寄り身がとまった。一足一刀の半歩手前である。吉川は激しい剣気をはなちながら、斬撃の気配を見せた。気攻《きぜ》めである。

源九郎は吉川の気攻めに身の竦《すく》むような威圧を覚えたが、己の切っ先にも気魄《きはく》を込めて吉川を攻めた。

ふたりの動きがとまり、激しい気攻めがつづいた。

どれほどの時が過ぎたのだろうか。源九郎も吉川も全神経を敵に集中していたので、時間の経過の意識はなかった。

そのとき、菅井の鋭い気合がひびいた。黒崎に斬り込んだのである。

瞬間、源九郎と吉川をつつんでいた剣の磁場が裂けた。

イヤアッ！

タアリャッ！

ほぼ同時に、ふたりの気合が静寂を劈《つんざ》いた。

次の瞬間、二筋の閃光《せんこう》がきらめいた。源九郎の切っ先が逆袈裟に撥《は》ね上がり、吉川の刀身が袈裟にはしった。

逆袈裟と袈裟。

ふたりの顔の前で、閃光が合致し、甲高い金属音とともに青火が散った。

刹那《せつな》、ふたりは、パッと後ろへ跳んだ。

跳びざま、ふたりは二の太刀をみまった。一瞬の反応である。

源九郎は刀身を横に払い、吉川は刀身を返しざまふたたび袈裟に斬り下ろした。

源九郎の左肩先に疼痛がはしった。吉川の切っ先をあびたのだ。

一方、源九郎の切っ先は、吉川の脇腹をかすめて流れた。切っ先がとどかなかったのである。

ふたりは間合を大きくとって、ふたたび対峙した。

「あと、一寸」

吉川がつぶやくような声で言った。口元に薄笑いが浮いている。

源九郎の傷は浅手だった。吉川はあと一寸切っ先が伸びていれば、源九郎に致命傷を与えたとみたのである。

「いかにも、一寸だな」

源九郎は己の切っ先も一寸伸びていれば、吉川の腹を斬り裂いていたとみた。

「次はしとめてやる！」

吉川が八相に構えて間合をつめてきた。

源九郎は青眼に構えると、さらに刀身を下げた。逆袈裟の斬撃を迅く、強くしようと思ったのだ。吉川の斬撃とはじき合ったとき、吉川の刀身を強く撥ね上げれば、それだけ吉川の二の太刀が遅れるからである。

吉川が斬撃の間境の半歩手前で寄り身をとめた。

そのとき、源九郎の脇に走り寄る足音がひびき、

「助太刀いたす！」

と、島田が声を上げた。

瞬間、吉川の視線が声のした方へ流れた。

この一瞬の隙を、源九郎がとらえた。

大きく踏み込みざま裂帛《れっぱく》の気合を発し、逆袈裟に斬り上げた。神速の一刀である。

わずかに遅れて、吉川が袈裟に。

二筋の閃光が合致し、甲高い金属音とともに青火が散って、ふたりの刀身が撥ね返った。

瞬間、吉川の上体が後ろへ反り、体勢がくずれた。源九郎の強い斬撃に押されたのである。

ヤアッ！

間髪をいれず、源九郎が鋭い気合を発し、刀身を横に払った。

源九郎の手に皮肉を裂く、重い手応えがあった。

吉川が低い呻《うめ》き声を上げて、後ろへよろめいた。腹がザックリと裂け、臓腑が覗いている。

源九郎の動きは、それでとまらなかった。素早い体捌きで吉川に身を寄せて袈裟に斬り下ろした。

にぶい骨音がし、吉川の首がかしいだ。瞬間、吉川の首根から血が驟雨《しゅうう》のように飛び散った。源九郎の一撃が、吉川の太い首を頸骨《けいこつ》ごと截断したのだ。

吉川は血を撒《ま》きながらよろめき、草株に足をとられて前につんのめるように転倒した。

叢《くさむら》に俯《うつぶ》せに倒れた吉川は四肢を痙攣《けいれん》させたが、すぐに動かなくなった。首根から噴出する血が雑草のなかに散り、カサカサと虫の這《は》っているような音をたてている。

源九郎は伏臥《ふくが》した吉川の脇に立ち、

……歳だわい。

荒い息を吐きながらつぶやいた。

七

「華町どの！」

島田が駆け寄ってきた。

「萩江どのはどうした？」

源九郎が訊いた。島田のそばに萩江の姿がなかったのだ。

「助け出した。いま、茂次と三太郎がいっしょにいる」

島田によると、萩江を助け出した後、板塀の外へ連れ出したが、庭での闘いが気になって、茂次と三太郎に萩江を頼んで駆け付けたのだという。

「そうか」

「さすが、華町どの、みごとな手並です」

島田が感嘆の声を上げた。

「ところで、菅井は……」

源九郎は庭を見まわしたが、菅井の姿がなかった。

「菅井どのは、あそこに」

島田が借家の戸口の方を指差した。

見ると、戸口近くで菅井が黒崎と相対していた。すでに、菅井は居合をみまったらしく、黒崎の肩口が血に染まっていた。黒崎は青眼に構えていたが、顔は恐怖にひき攣《つ》り、切っ先がワナワナと震えている。

……菅井が後れを取るようなことはない。

と、源九郎はみてとった。

そのとき、黒崎が甲走った気合を発し、真っ向へ斬り込んだ。鋭さのない斬撃だった。追いつめられて、無理な体勢から斬り込んだらしい。

すかさず、菅井が刀身を横に払って、黒崎の斬撃をはじいた。

甲高い金属音とともに黒崎の刀身が流れ、体がよろめいた。

タアッ！

間髪をいれず、菅井が斬り込んだ。

袈裟へ。

絶叫を上げて、黒崎が身をのけ反らせた。黒崎の肩口が裂け、ひらいた傷口から血が奔騰《ほんとう》した。

黒崎は悲鳴を上げながらよろめいたが、足がとまると、腰から沈むように転倒した。俯せに倒れた黒崎は、なおも起き上がろうとして首をもたげたが、すぐに首が落ちて動かなくなった。絶命したようである。

源九郎、島田、それに庭の隅で様子を見ていた孫六が、菅井のそばに走り寄った。

「さすが、菅井だ」

源九郎が声をかけた。

「華町、斬られたのか？」

菅井が源九郎の左肩に目をやって訊いた。着物が裂け、血の色がある。

「なに、かすり傷だ」

かすり傷ではなかったが、命にかかわるような傷ではなかった。しばらくすれば、出血もとまるだろう。

「萩江どのは、どうした？」

菅井が島田に目をむけて訊いた。

「島田たちが、助け出したそうだ。ところで、菅井、駒造たちはどうした。姿が見えんが……」

そう言って、源九郎が庭をみまわした。三人いた町人の姿がない。

「梅助は斬ったはずだが、後のふたりは逃げたかな」

菅井が、顔の返り血を指先でこすりながら言った。三人の男たちのやり取りから、それぞれの名が分かったという。

すると、孫六が顔を突き出すようにして、

「梅助は、あそこでくたばってまさァ」

と言って、庭の隅を指差した。

叢のなかに、町人体の男が横たわっていた。梅助らしい。すでに絶命していると見え、動かなかった。

「駒造と芝六は、逃げやしたぜ」

孫六によると、梅助が菅井に斬られたのを見た駒造と芝六は戸口へまわり、通りへ飛び出して逃げたという。

「なに、ふたりとも名が知れてるし、浅草界隈をふらついていることも分かってるんだ。あっしが栄造に話して、お縄にしてもらいやすよ」

駒造と芝六は源蔵の賭場に出入りしていたことが分かっているし、たたけばいくらでも埃の出る男たちなので、どうにでもなるという。

「駒造と芝六は、孫六にまかせよう」

源九郎が言った。

「これで、始末がついたかな」

菅井は刀身に血振《ちぶ》りをくれて納刀した。

「まだ、寺島が残っている」

源九郎は、寺島をこのままにすれば、また何か陰謀をくわだて、秋月家に手を出してくるのではないかとみていた。それに、吉川たちを始末し、首謀者である寺島を見逃したのでは中途半端である。

そのとき、戸口に近付いてくる複数の足音がした。

「萩江さまだ！」

孫六が声を上げた。

見ると、萩江が茂次と三太郎に付き添われ、泳ぐように走ってくる。その姿が、青磁色の月光のなかに浮かび上がっていた。

いつの間にか辺りは深い夜陰につつまれ、家並の上に顔を出した十六夜《いざよい》の月が皓々《こうこう》とかがやいている。

第六章　斬《ざん》奸《かん》

一

ゴトゴト、と腰高障子が揺れていた。見ると、障子に陽が当たり、蜜柑色《みかんいろ》にかがやいている。その陽を映じた障子に、いくつものちいさな人影が映っていた。しかも、障子の破れ目から、丸い目が家のなかを覗いている。長屋の子供たちが、集まっているのだ。

姫さまだぞ！……長屋に帰ってきた、……姫さまが、茶を飲んでるぞ、などとひそひそと交わす声が聞こえてきた。

萩江を助け出した翌朝だった。長屋の島田の部屋に、源九郎、菅井、孫六、茂次、三太郎、それに島田と萩江が座って、茶を飲んでいた。萩江が湯を沸かして淹《い》れてくれたのである。

　昨夜遅く、源九郎たちは萩江を助け出して長屋に帰ってきたが夜が更けていたので、島田と萩江を家にとどけ、源九郎たちはそれぞれの家にもどった。そして、今朝、あらためて集まったのである。

「さて、どうするな？」

　源九郎が話を切り出した。

「ともかく、萩江どのを助け出したことを秋月家に知らせねばならない」

　島田が言った。

「まだ、島田が秋月家に行くわけにはいかないな」

　源九郎が笑みを浮かべて言った。島田と萩江は駆け落ちして、長屋にいるような状態であった。

「明日にも、あっしと三太郎とで行きやしょう」

　茂次が、秋月家の門番に袖の下を握らせて、馬場か森本につないでもらいやす、と言い添えた。

「そうしてくれ」

　源九郎が言うと、

「ところで、寺島はどうする？」

と、菅井が訊《き》いた。

「馬場どのと森本どのに相談してみよう。……茂次、ふたりに会ったら、長屋に顔を見せるよう伝えてくれんか」

源九郎は、寺島と小暮を始末するつもりでいたが、萩江の前では言いづらかった。萩江にとって、寺島は自分を勾引《かどわ》かした首謀者なのだが、叔父なのである。

「承知しやした」

茂次が声を大きくして言った。

そのとき、重い下駄の音がし、戸口にいた子供たちから、お熊さんだ、およよさんも来た、などという声が上がり、障子に映った人影が、左右に離れた。お熊たちのために、戸口をあけたらしい。

ガラリ、と障子があいた。顔を出したのは、お熊、およよ、お妙の三人である。お熊たちは、飯櫃《めしびつ》や皿を手にしていた。皿には、切ったたくあんが載っている。

「握りめしにしたよ」

お熊が土間に立って言った。抱えている飯櫃のなかに握りめしが入っているらしい。

「すまんな」

源九郎が顔をほころばせて言った。

今朝、源九郎が島田の家の前まで来ると、お熊とおとよが、腰高障子の間から、家のなかを覗いていたのだ。昨夜、萩江が長屋にもどってきたことを知って、様子を見にきたらしい。

「お熊、頼みがあるのだがな」

源九郎がお熊に声をかけた。

「なんです、旦那」

「わしは、まだ朝めしを食っておらん。……島田や萩江どのもそうだろう。すまんが、握りめしでも作ってくれんか」

源九郎は、みんなで分けてくれ、と言って、お熊に一分銀を手渡した。いつもただで、めしの支度をしてもらうわけにはいかなかったのである。

「すぐ、支度するよ」

お熊はそう言って、おとよとふたりで自分の家へもどった。お熊は近所に住むお妙にも声をかけ、三人で握りめしと漬物を用意したようだ。

「ありがたい。おれは、朝めしを食ってないのだ」

菅井がさっそく飯櫃の蓋を取った。

「わしにもくれ」

源九郎も手を伸ばした。

島田と萩江が握りめしを手にすると、孫六や茂次たちも握りめしをつかんで頬張り始めた。

「これで、将棋盤でもあれば、言うことはないが、まァ、今日のところは我慢しよう」

菅井が言うと、

「まったく、菅井の旦那は将棋に目がないんだから」

茂次が茶化すように言った。

お熊たち三人も、そのまま上がり框《がまち》に腰を下ろしてしゃべり始めたので、家のなかが急に賑やかになった。

すると、遠慮して戸口の外にいた子供たちまでが土間に入ってきて、はしゃぎだした。いっときすると、他の女房連中も集まってきて、島田の部屋は、蜂の巣をつついたような騒ぎにつつまれた。長屋の連中は、萩江が無事にもどったことが嬉しかったのである。

それから三日後、馬場と森本が源九郎の部屋に姿を見せた。ふたりは、萩江を助け出してくれたことで礼を述べた後、

「あらためて、そこもとから話を訊きたい」

と、馬場が声をひそめて言った。

「かまわんが、島田と菅井にも聞いてもらおう」

源九郎は、馬場が話したいのは寺島のことだろうと推測した。それなら、島田と菅井にも話を聞いてもらった方がいい。

すでに、源九郎の部屋に石丸の姿はなかった。石丸は源九郎の部屋で過ごすうち、打ち解けて話すようになり、事件にかかわるすべてを口上書《こうじょうがき》に認《したた》め、爪印まで押していた。しかも、逃げ隠れはしない、と言って、これまで住んでいた政五郎店にもどると約束した。それで、石丸を解放してやったのだ。

源九郎の胸のうちには、口上書を取れば、石丸が姿を消してもかまわないという気もあったし、自分の部屋にこれ以上監禁しておくのは、面倒になったのだ。

源九郎は、隣に住むお妙に頼んで、島田と菅井を呼んでもらった。

ふたりが座敷に腰を下ろしたところで、

「茂次から、これまでの経緯を聞いているかな」

と、源九郎が話を切り出した。

源九郎は茂次と三太郎が秋月家に出かけ、馬場か森本と顔を合わせたおりに、萩江を助け出した経緯を伝えておいてくれ、と頼んでおいたのだ。

「聞いている。……やはり、此度《こたび》の件は寺島どのが仕組んだようだ」

馬場がけわしい顔をして言った。

「それで、秋月どのは、どのようにおっしゃられているのだ」

源九郎が訊くと、島田も身を乗り出すようにして馬場を見つめた。秋月がどうみているか、島田も気になるのだろう。

「まだ、殿は半信半疑なのだ」

「半信半疑とは？」

「三日前に寺島どのが屋敷に姿を見せて殿に会い、島田どのと誠之助さまが結託して、萩江さまを勾引かしたと思わせるように一芝居打ったらしい、と吹聴したのだ。……それがしが茂次から話を聞き、殿に経緯をお伝えしたのは、寺島どのの吹聴を聞いた後になってしまった。それで、殿は……」

「どちらを信じたらいいか、迷われているわけか」

「いかさま」

「そんなこともあろうかと、確かな証《あかし》を用意しておいた」

源九郎は立ち上がると、神棚に置いてあった石丸の口上書を手にし、

「これを認めたのは、吉川たちにくわわって萩江どのを攫《さら》った一味のひとりだ。目を通してくれ」

そう言って、馬場に手渡した。

馬場は口上書をひらいて読んでいたが、

「これならば、殿も納得されよう」

と言って、愁眉《しゅうび》をひらいた。

「他にもある。萩江どのが監禁されていたのは、寺島がおかよという妾をかこっていた借家なのだ。その借家は西平野町にあるから、お疑いなら、その妾宅に秋月どのをご案内して、近所の住人に訊いてもらってもいい」

「そこまでせずとも、この口上書を殿にお見せすれば、すべてが明らかになろう」

馬場は、これはお預かりいたす、と言って、口上書を懐にしまった。

源九郎と馬場のやり取りが途絶えたとき、

「小暮という男は、いまも寺島家に仕えているのか」

と、菅井が訊いた。

「仕えている。それも、寺島が屋敷を出るときは、いつも供についているようだ」

森本が、秋月家に来たとき小暮を連れていた、と言い添えた。

「寺島の警固ではないのか」

「おれも、そうみている」

「始末するときは、いっしょだな」

菅井がつぶやくような声で言った。

「ところで小暮だが、歳は？」

そのとき、源九郎は吉川たちと歩いていた若侍というのは、小暮ではないかと思ったのだ。

「二十三、四かな」

「顔は、面長か」

「そうだが」

「やはりそうか」

源九郎は、吉川たちと歩いていたのは小暮だと確信した。おそらく、小暮は寺島の指示を伝えるために吉川たちと会っていたのだろう。

それから、小半刻（三十分）ほどして、馬場と森本が腰を上げた。

戸口を出たところで、森本が菅井に身を寄せ、

「小暮は遣い手でござる。油断なさらぬよう」

と、小声で言った。

すると、脇にいた馬場もけわしい顔でうなずいた。

馬場と森本は、菅井や源九郎が寺島と小暮を始末する気でいるのを察知したようだ。

二

神田川の岸辺に繁茂した葦《あし》や芒《すすき》が、川風に揺れていた。陽は西の家並の向こうに沈み、西の空が残照に染まっていた。神田川の川面が残照を映し、緋色《ひいろ》の絹布を流したように淡いひかりを放ちながら揺れている。

源九郎と菅井は、神田小川町の神田川沿いの岸辺近くにいた。新緑でおおわれ

た柳の樹陰に、身をひそめていたのである。

水道橋方面へ三町ほど歩くと、寺島家の屋敷があった。源九郎と菅井は、この場に身をひそめて寺島と小暮が通りかかるのを待っていたのだ。

ここ五日ほど、孫六、茂次、三太郎の三人が交替で寺島家を見張り、この日の午後、寺島が小暮を連れて秋月家にむかったことをつかんだ。秋月に対し、まだ策を弄《ろう》しようとしているのかもしれない。

茂次から連絡を受けた源九郎は、菅井とともにすぐに小川町へむかった。秋月家からの帰り道で、寺島たちを待ち伏せようと思ったのだ。

「まだか」

菅井が焦《じ》れたような声で言った。

源九郎たちがこの場にひそんで、半刻（一時間）ほどになる。まだ、寺島と小暮は姿を見せなかった。それに、昌平橋近くで寺島たちが来るのを見張っている茂次からの連絡もない。

「そろそろ来てもいいころだな」

すでに、暮れ六ツ（午後六時）を過ぎていた。西の空には、まだ残照がひろがっていたが、樹陰や群生した葦の陰などには夕闇が忍び寄っている。

神田川沿いの通りに人影はなく、通り沿いの武家屋敷は静寂につつまれていた。神田川の流れの音が妙に大きく聞こえてくる。

「おい、茂次だぞ」

菅井が樹陰から首を伸ばして声を上げた。

見ると、川沿いの道を茂次が走ってくる。

「寺島たちが来たのか」

茂次が近付くとすぐ、菅井が訊いた。

「へい、昌平橋を渡りやした」

「寺島と小暮のふたりか」

源九郎が訊いた。

「それに、中間《ちゆうげん》がひとりいやす」

「中間にはかまうな。屋敷にもどって、奉公人を呼んでくる間には始末がつく」

源九郎は、中間まで斬ることはないと思った。それに、中間が生きていた方が都合がいいのである。源九郎は剣の立ち合いにみせて、寺島たちを斬るつもりでいた。立ち合いの様子を中間が話すだろう。

「支度をしよう」

源九郎は懐から細紐を取り出して襷《たすき》をかけ、袴の股だちを取った。菅井は袴の股だちだけ取り、刀の目釘を確かめている。

「来たぞ！」

菅井が声を殺して言った。

大柄な武士と痩身の武士が、通りの先に見えた。大柄な武士が寺島で、痩身の武士が小暮であろう。源九郎たちは馬場から、寺島と小暮の体軀《たいく》と風貌を聞いていたのだ。中間はふたりの後ろについている。

寺島と小暮が五間ほどに近付いたとき、源九郎と菅井が樹陰から飛び出した。寺島と小暮の足がとまり、その場に立ち竦《すく》んだ。突然、目の前に源九郎たちが飛び出してきたからであろう。

「な、なにやつだ！」

寺島がひき攣《つ》ったような声で誰何《すいか》した。

五十がらみであろうか。眉が濃く、鼻梁の高い男だった。

「一刀流、山川源之助《やまかわげんのすけ》、立ち合いを所望！」

源九郎が声を上げた。名も流名も、でたらめだった。咄嗟《とっさ》に、頭に浮かんだものを口にしたのだ。

「同じく、川上紋之助《かわかみもんのすけ》！　一手、ご指南いただきたい」

菅井も、偽名を名乗った。

「た、立ち合いなどと……」

寺島は恐怖と困惑に顔をゆがめて後じさった。

「いくぞ！」

源九郎が抜刀して、寺島に迫った。

ヒイイッ！　と喉を裂くような悲鳴を上げて、中間が後じさり、反転して駆けだした。寺島家の方へ逃げていく。

「抜け、寺島！　わしらが、冥途《めいど》に送ってやる」

源九郎が切っ先を寺島にむけた。

「うぬは、華町だな」

寺島が気付いたようだ。

「だれでもいい」

源九郎が寺島との間合をつめ始めた。

「おのれ！」

叫びざま、寺島が抜刀した。

寺島は青眼に構え、切っ先を源九郎にむけた。一刀流の道場に通っていただけあって、隙のない構えだった。腰も据わっている。ただ、切っ先が小刻みに震えていた。異常な気の昂《たかぶ》りで、肩に力が入り過ぎているのだ。

……後れをとるようなことはない。

と、源九郎はみてとった。

このとき、菅井は小暮と対峙していた。

小暮は八相に構えていた。全身に気勢が満ち、腰が据わっている。

対する菅井は左手で刀の鯉口を切り、右手で柄を握っていた。居合の抜刀体勢をとったのである。

「居合か」

小暮が小声で言った。菅井を見すえた双眸《そうぼう》が切っ先のようにひかっている。小暮に臆した様子はなかった。身辺から痺《しび》れるような剣気がただよっている。

……なかなかの遣い手だ。

と、菅井はみた。

菅井と小暮の間合はおよそ三間半。まだ、居合の抜刀の間合からは遠かった。

菅井は足裏を摺《す》るようにして、ジリジリと間合をつめ始めた。

小暮は動かない。刺すような視線で、菅井の動きを見つめている。

三

源九郎は一足一刀の間合に迫っていた。青眼に構えた切っ先が、ピタリと寺島の目線につけられている。

寺島の顔は恐怖にゆがみ、腰が浮いていた。

「ま、待て！　金なら、いくらでも出す」

寺島が甲走った声で言った。

「問答無用！」

かまわず、源九郎は寺島との間合をつめた。

「仕官が望みなら、願いをかなえてやる」

「望みは、うぬの命」

言いざま、源九郎が一歩踏み込んだ。

瞬間、寺島の腰が伸び、源九郎にむけられていた剣尖《けんせん》が浮いた。この一瞬の隙を源九郎がとらえた。

ヤアッ！

鋭い気合を発し、源九郎が斬り込んだ。

青眼から真っ向へ。膂力《りょりょく》のこもった剛剣だった。

咄嗟に、寺島が刀身を頭上に振り上げて源九郎の斬撃《ざんげき》を受けた。

その瞬間、寺島の腰がくずれて、後ろへよろめいた。源九郎の剛剣に押されたのである。

間髪を入れず、源九郎が二の太刀をふるった。

袈裟《けさ》へ。一瞬の連続技である。

寺島が絶叫を上げてよろめいた。ザックリ、と肩が裂けている。一瞬、ひらいた傷口から截断《せつだん》された鎖骨が覗いたが、すぐに迸《ほとばし》り出た血に染まった。

寺島は呻《うめ》き声を上げながら後じさり、いったん足をとめて刀を構えようとしたが、体が大きく揺れ、腰からくずれるように転倒した。

寺島は地面に腹這《はらば》いになり、なおも立ち上がろうとして首をもたげたが、身を起こすことはできなかった。いっときすると、俯《うつぶ》せになったまま動かなくなった。絶命したようである。

寺島の肩口から流れ出た血が、夜陰につつまれた地面に赭黒《あかぐろ》くひろがっていく。得体の知れぬ生き物が、形を変えながら増殖していくようである。

一方、菅井も居合をはなつ間合に迫っていた。居合腰に沈めた全身に、抜刀の気配がみなぎっている。

イヤアッ！

突如、小暮が裂帛《れっぱく》の気合を発した。気合で菅井の寄り身をとめ、気を乱そうとしたのである。

が、菅井は動じなかった。そればかりか、小暮の気合と同時にスッと抜刀の間合に踏み込んだのだ。

菅井の全身に抜刀の気がはしった瞬間、シャッという刀身の鞘走る音がひびき、腰元から閃光《せんこう》がはしった。神速の抜刀である。

咄嗟に、小暮は身を引いて菅井の一撃をかわそうとした。だが、間に合わなかった。

小暮の右の二の腕から顎へ。菅井の切っ先が、斬り裂いた。

次の瞬間、小暮ははじかれたように後ろへ跳んだ。

間合があくと、小暮は青眼に構えて切っ先を菅井にむけた。顔が苦痛にゆがみ、二の腕と顎から血が噴いている。

「お、おのれ!」

小暮が目をつり上げ、口をあけて歯を覗かせた。夜叉のような顔である。その顎から血が赤い糸を引いて流れ落ちている。

菅井は脇構えにとった。抜刀してしまったので、居合は遣えない。菅井は脇構えから居合の呼吸で、斬り込もうとしたのである。

小暮が間合をつめてきた。菅井にむけられた切っ先が、小刻みに震えている。右の二の腕の傷が深く、左腕だけで刀を支えているためだ。

……斬れる!

と、菅井は踏んだ。

菅井も足裏を摺るようにして間合をつめた。ふたりの間合が、一気にせばまっていく。

イヤアッ!

甲走った気合とともに、小暮が斬り込んできた。

踏み込みざま袈裟に。

すかさず、菅井が脇構えから刀身を逆袈裟に撥《は》ね上げた。

キーン、という金属音がひびき、青火が散って、小暮の刀身が撥ね上がった。その瞬間、小暮の腰が浮き、正面に隙ができた。

タアッ！

菅井が、鋭い気合とともに真っ向へ斬り込んだ。

にぶい骨音がし、小暮の額から鼻筋にかけて血の線がはしった。次の瞬間、小暮の額が柘榴《ざくろ》のように割れ、血と脳漿《のうしょう》が飛び散った。

小暮の体がかたむき、血を撒《ま》きながら転倒した。地面に横たわった小暮は、動かなかった。息の音も聞こえない。即死である。

菅井は左手の甲で、顔の返り血をぬぐった。さすがに、気が昂っているらしく顎のとがった顔が朱を刷《は》き、細い目がうすくひかっている。般若《はんにゃ》のような顔である。

「菅井、見事だ」

源九郎が歩を寄せて言った。

「それより、こいつらどうする？」

菅井が、足元に横たわっている小暮の死体に目をむけた。

「このままでいい。わしらは、立ち合いで斬ったのだからな」

「そうだったな」

ふたりがそんなやり取りをしているところへ、茂次が駆け寄ってきた。路傍の樹陰で斬り合いの様子を見ていたらしい。

「旦那方、これで始末がつきやしたね」

茂次がふたりに目をむけて言った。

「長居は無用だ。長屋にもどろう」

源九郎が歩きだした。

菅井と茂次がつづいた。すでに、神田川沿いの道は夜陰につつまれていた。頭上で星がまたたいている。

四

霧雨が降っていた。軒先から落ちる雨垂れの音だけが、妙に大きく聞こえる。

源九郎の部屋は薄暗く、そこに居合わせた男たちの目がうすくひかっている。

菅井が腕捲りし、将棋盤を睨《にら》みながら、

「よし、飛車取りだ！」

と、声を上げ、パチリと相手の飛車の前に銀を打った。

「飛車取りと、きましたか」

島田が涼しい顔で、飛車を後ろに引いた。それで、飛車は銀から逃げ、同時に王手となった。

「うむむ……」

菅井が腕を組んで唸《うな》り声を上げた。なかなか次を指さない。長考に入ったようである。

今日は朝から雨だった。さっそく、菅井は将棋盤を抱えて源九郎の家にやってきたのだが、源九郎につづけて一局負けると、今日は相手を替えたい、と言って、わざわざ島田を呼びにいって連れてきたのだ。

「ところで、島田、秋月家は、だれが継ぐことになったのだ？」

脇に座って観戦していた源九郎が、島田に訊いた。どうせ、菅井はすぐに指さないのである。

「誠之助どのが、秋月家に入るようですよ」

島田が他人事のように言った。

源九郎と菅井が、寺島たちを斬って一月ほど過ぎていた。五日前、馬場と森本が長屋に姿を見せ、島田と萩江を秋月家に連れていった。そのおり、島田は当主の秋月といろいろ話したらしいのだ。

「それで、萩江どのは、この長屋でおぬしと暮らすことになったのか」

源九郎が訊いた。

「まァ、そうです。萩江がどうしてもそうしたい、と秋月どのに訴えて、何とか許してもらったのです」

島田は萩江と呼び捨てにした。萩江を妻として実感するようになったからであろう。

島田は源九郎たちに話さなかったが、すんなり許してもらったわけではなかった。島田たちが秋月家に出向いたとき、すでに秋月は誠之助に家を継がせようと肚《はら》を決めていたらしいが、萩江も、相応の旗本に嫁がせたかったようだ。無理もない。島田は長屋暮らしの貧乏牢人なのだ。

ところが、萩江は、島田さまと別れるなら死にます、とまで言ったのだ。そこまで覚悟を見せられると、秋月としては、認めざるを得なかったようだ。

秋月は島田を呼んでこう言った。

「萩江を長屋暮らしの牢人に、嫁がせるわけにはいかぬが、そこもとは剣の遣い手だと聞いている。……そこで、萩江は剣術の道場主に嫁がせることにする」

「秋月さま、道場主といっても、道場はありませんが」

長屋暮らしの牢人が、勝手に道場主を名乗るわけにはいかない。それに、島田は道場主としてやっていけるほどの腕とは思っていなかった。

「秋月家で援助するので、道場を建てるといい。……まさか、そこもとは、萩江に長屋暮らしをさせたいわけではあるまいな」

「そ、そのようなことは、ございません」

島田が慌てて言った。

「ならば、道場主ということにしよう。……馬場と森本に相談するがいい。道場を建てることになれば、いろいろ手配してくれるはずだ」

秋月は勝手に決めてしまった。

……何とかなるだろう。

と、島田は思った。

そのとき、島田は源九郎と菅井のことを思い出し、ふたりに道場に来てもらって門弟に指南してもらう手もある、と思った。

「この手だ！」

ふいに、菅井が飛車の脇に金を打った。王を守るとともに、飛車取りにもなっている。

……なかなかの手ではないか。

と、源九郎は思った。菅井が長考しただけのことはある。金には角がきいていて、飛車は逃げるしかなかった。そこに金を打たれると、島田は王の逃げ道がふさがれるのだ。

「そうきたか……」

今度は島田が腕を組んで考え込んだ。

「島田、それで、寺島家はどうなったのだ」

菅井が訊いた。菅井も、次の手を考えながら源九郎たちの話を聞いていたようである。

「……寺島は、剣術の立ち合いに敗れて、落命したことにし……。倅の松太郎が、寺島家を継ぐそうですよ。……やはり、飛車を逃がすしかないか」

そう言って、島田は飛車を下げた。

どうやら、形勢が菅井にむいてきたようだ。菅井は目を細めて将棋盤に目を落としている。

それから小半刻（三十分）ほど指し、島田が、おれの負けだ、と言って、手にした駒を将棋盤の上に落とした。

「いやァ、いい勝負だった。……島田、悲観することはないぞ。勝負は時の運だからな」

菅井が嬉しそうな顔をして言った。

「負けました。……他のことを考えていたのが、よくなかった」

島田が渋い顔をした。

「さて、どうするか。島田も負けたままで、帰るわけにはいくまいな。仕方ない。もう一局付き合ってやるか」

当然のような顔をして、菅井が駒を並べ始めた。

「まだ、やるんですか」

島田がうんざりした顔をして、肩を落とした。

そのとき、戸口に近付いてくる下駄の音がした。

下駄の音は戸口でとまり、いっとき間を置いてから、

「藤四郎さま、おられますか」

と、やわらかな女の声がした。

「萩江だ」

島田が腰高障子の方へ顔をむけた。

源九郎が、入ってくれ、と声をかけると、静かに腰高障子があいた。

萩江は土間に入ると、恥ずかしそうに頬を赤らめ、

「藤四郎さま、お茶がはいりました」

と、小声で言った。

「そうか、お茶がはいったか」

島田が相好をくずして立ち上がった。

「お、おい、将棋はどうするのだ、将棋は」

菅井が慌てて言った。

「茶がはいったそうなので、将棋はいずれ、また」

そう言い残し、島田はそそくさと土間から外へ出た。

萩江は源九郎と菅井にあらためて頭を下げてから、島田の後についていった。

「な、なんだ、あいつ……」

菅井は駒を握ったまま呆然《ぼうぜん》と島田が出ていった戸口に目をむけている。

「いいではないか。若い夫婦だ。差し向かいで、茶を飲むのも格別だろうよ」

源九郎は菅井に目をむけ、こちらは、わしと菅井で差し向かいか、と胸の内で

つぶやいた。

「うむ……」

菅井は口をへの字に結び、憮然《ぶぜん》とした顔で将棋盤に目を落としていたが、

「仕方ない。華町が相手だ」

と、顔を上げて言った。

「菅井、酒がある。どうだ、ふたりで一杯やりながら、暗くなるまで指すというのは」

流し場に、酒の入った貧乏徳利が置いてあった。夕餉《ゆうげ》のおりにでも、ひとりで飲もうと思って買っておいたのだが、菅井にも馳走してやろう。どうせ、ふたりはやることがないのだ。

「酒を飲みながら、暗くなるまでか」

菅井が首を伸ばして目を剝《む》いた。

「わしが相手してやる」

「よォし、やるぞ!」

菅井が両手を突き上げて、歓喜の声を上げた。

双葉文庫

と-12-28

はぐれ長屋《ながや》の用心棒《ようじんぼう》
おしかけた姫君《ひめぎみ》

2011年4月17日　第1刷発行

【著者】
鳥羽亮《とばりょう》
©Ryo Toba 2011
【発行者】
赤坂了生
【発行所】
株式会社双葉社
〒162-8540 東京都新宿区東五軒町3番28号
[電話] 03-5261-4818(営業)　03-5261-4833(編集)
www.futabasha.co.jp
(双葉社の書籍・コミックが買えます)
【印刷所】
慶昌堂印刷株式会社
【製本所】
株式会社ダイワビーツー

【表紙・扉絵】南伸坊
【フォーマット・デザイン】日下潤一
【フォーマットデジタル印字】飯塚隆士

落丁・乱丁の場合は送料双葉社負担でお取り替えいたします。
「製作部」宛にお送りください。
ただし、古書店で購入したものについてはお取り替えできません。
[電話] 03-5261-4822 (製作部)

定価はカバーに表示してあります。
本書のコピー、スキャン、デジタル化等の無断複製・転載は
著作権法上での例外を除き禁じられています。
本書を代行業者等の第三者に依頼してスキャンやデジタル化することは、
たとえ個人や家庭内での利用でも著作権法違反です。

ISBN978-4-575-66493-5 C0193
Printed in Japan